Elke Schmitter

INNERES WETTER

Elke Schmitter

INNERES WETTER

Roman

C.H.Beck

Mit Dank an den Deutschen Literaturfonds
für freundliche Förderung.

www.chbeck.de
Umschlaggestaltung: Rothfos & Gabler, Hamburg
Umschlagabbildung: Plainpicture, © Just Schmidt
Satz: Janß GmbH, Pfungstadt
Druck und Bindung: CPI – Ebner & Spiegel, Ulm
Gedruckt auf säurefreiem, alterungsbeständigem Papier
(hergestellt aus chlorfrei gebleichtem Zellstoff)
Printed in Germany
ISBN 978 3 406 77429 4

myclimate

klimaneutral produziert
www.chbeck.de/nachhaltig

Theure Freundin geliebte, von mir einzig gekannte Pauline!
diese Zeilen sollen Ihnen blos sagen daß solche wie wir beide
Edelsteine der Natur sind und nicht ändern. daß meine
Sehnsucht nach Ihnen die alte ist; und mit mir nur neue
Gestalten annimmt. daß Frühling ist, und sie auf's höchste
gesteigert ist. daß ich im scharlottenburgergarten wo ich und
ein Freund ganz allein – beynah kein Gärtner – am Rand
spatziren gehen und ich laut Ihren nahmen rufe. daß ich dort
von unserer Vergangenheit erzehle: und so die Gegenwart be-
trüge, und daß ich doch noch zu Ihnen nach Paris komme, oder
sie nach Südddeutschland kommen laße, ehr wir an Krüken
gehen! Haben sie den Freund noch um sich, der weinte aus
Liebe? Ist der Todt nicht genug? Soll man noch alt werden?
Aber nichts wiegt das Wunder des Lebens auf. Und so mit sage
ich Ihnen mit den beßten Umarmungen adieu! Goldtaube!
Ich habe alle deine Briefe. Aber ich war so erdrükt und erstokt
daß, ich's Schreiben für nichts hielt für unmöglich. Nun aber ist
ein Frühling: und er löst mir das Herz und dies grüßt Sie.
Schreiben Sie mir. Varnh: grüßt sehr.

Rahel Levin Varnhagen aus Berlin an Pauline Wiesel;
Frühjahr 1821

Rahel Levin Varnhagen: Briefwechsel mit Pauline Wiesel.
Herausgegeben von Barbara Hahn unter Mitarbeit
von Birgit Bosold; C.H.Beck; 1997

Wir sitzen alle in Platons Höhle,
und diese Höhle ist unser Schädel.

Stephen LaBerge
Lucidity Institute; Tucson, Arizona

Das Rätsel unseres Bewusstseins;
Arte-Doku; Cécile Denjean; 2015

INNERES WETTER

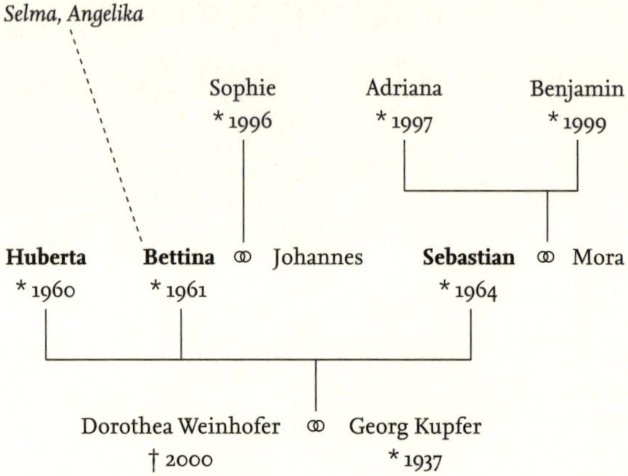
Selma, Angelika
Sophie
* 1996
Adriana
* 1997
Benjamin
* 1999
Huberta
* 1960
Bettina
* 1961
ⴵ
Johannes
Sebastian
* 1964
ⴵ
Mora
Dorothea Weinhofer
† 2000
ⴵ
Georg Kupfer
* 1937

EIN TAG IM FRÜHLING

Bettina Melker 17.4.2014, 06:47
An: kupfer.s@aol.com; hub.erta@privatpost.de
cc: moracosta@privia.com

Betreff: der Oktober, der wird
Liebe Zwei, liebe Mora, dieses Läuten kommt früh, aber ich wollte doch schon vorsichtig die Geburtstagsglocke Vater betätigen, weil ich annehme, dass auch Ihr (wie ich + family) nicht unbedingt zu Weihnachten auf Zug oder Autobahn wild seid, es mir aber doch scheint, ein gemeinsamer Besuch wäre angebracht zum 77. - oder eben christmas, jedenfalls noch in diesem Jahr. Überraschungsvisite wäre denkbar, sein Geb. fällt auf einen Samstag; wenn er nichts Besonderes plant (kann man ja telefonisch in Erfahrung bringen), könnten wir Freitag anreisen und mit ihm reinfeiern. Und da in ganz Deutschland gefestet wird, sind die Autobahnen nicht so voll, und wir hätten alle den Sonntag wieder zu Hause. Für Johannes u Sophie kann ich noch nicht sprechen, aber ich denke, die Kerntruppe Geschwister sollte sein, alles andere fakultativ nach Lust & Zeit; was meint Ihr? -- Hier ist alles in Ordnung, viel zu tun, der übliche Kram und noch ein bißchen mehr (neue Nachbarschaftswebsite, endlos viele Details, die mich langweilen und: überfordern; das geht gut zusammen, man weiß nur nicht, was Henne, was Ei); ich hoffe, bei Euch auch - hat Adriana schon ihre große Reise geplant? Sophie ist intensiv mit ihren kids beschäftigt, die Mohameds von Spandau sind natürlich interessanter als bürgerliche Eltern ;-) Herzlichst, Bettina

Drei weiße, langgezogene Streifen durchziehen den frisch gewaschenen, blauen Himmel, als Sebastian Kupfer, die schwarze Ledertasche unter dem Arm, am Gleis Richtung München steht. Heute Abend wird er den Rasen nicht sprengen müssen, gestern hat es ausgiebig geregnet; so stark, dass man es durch das Küchenfenster hörte, durch das Klappern und die Gespräche am Tisch, und noch einmal, als er im Bett die letzten Akten durchsah. Die Luft ist kühl. Aber das Wollfutter seines Mantels wurde schon im Keller verstaut, Frau Elsner hat mit seiner Frau die Garderobe für Frühjahr und Sommer sortiert; dabei war auch die blaue Badehose wieder aufgetaucht, die noch immer gemischte Gefühle in ihm auslöst. All die Bahnen sind darin verwahrt, die er im Müller'schen Volksbad gezogen hat, möglichst am Beckenrand, um an einer Seite Ruhe zu haben. Der wattierte und zugleich verstärkte Klang der Stimmen, der ihn im Hintergrund begleitete, der wechselnde Chlorgeruch – alle zwei Wochen besonders stark, dann abklingend Tag um Tag –, das leuchtende Türkis der Kachelung, das weiche, durchsichtige Wasser. Mäandernde Gedankenreste, die irgendwann von einem festen, beunruhigenden Vlies zu einem lockeren Gewebe wurden, die Bewegungen seines Körpers, sein Prusten und Schnaufen, das Glickern des Wassers, das Mitzählen der

Bahnen und die erwärmte Luft mit ihrem diffusen Strom von menschlichen Geräuschen – all dies hatte ihn trudeln lassen in einen Zustand von aufgelöster Zufriedenheit. Sein Leib, jetzt gerade verwahrt in einem möwengrauen Anzug aus leichtem, aber knitterfestem Stoff, erinnerte sich an die zahllosen Nachmittage im Freibad, an das Schreien und Jauchzen in sicherer Entfernung, an die braun-gelb karierte Decke im Gras, auf der er ganze Science-Fiction-Kosmen durchwandert hatte; anfangs vollkommen hingegeben, später untergründig gelangweilt von der Vorhersehbarkeit der Konflikte, von der ärmlichen Sprache, von der Durchschaubarkeit der Figuren, die sich, bis auf charakterstarke Ausreißer, in gut und böse einteilen ließen wie die Heiligen und die Sünder in der Bibelschule von Pater Immanuel.

Er mustert die Handvoll Menschen, die mit ihm auf dem Bahnsteig stehen, und wünscht sich diese Sicherheit zurück oder eine Art von Menschenkenntnis, die nicht nur aus flüchtigen Vorurteilen besteht. Oder wenigstens das leidenschaftliche Interesse, mit dem er die Menschen um sich herum betrachtet hat, weil er etwas von ihnen wollte, weil er von einem Begehren nach Bewunderung, nach Liebe oder nur Wahrnehmung getrieben war; eine Leidenschaft, die ihm abhandengekommen ist.

Die Türen öffnen sich mit einem pneumatischen Seufzer, und er findet eine Bank am Fenster, wo er sich anlehnen und hinter der Zeitung verschwinden kann, während an jeder weiteren Station Pendler wie er dasselbe versuchen: die Fahrt zu ignorieren; so zu tun, als wären sie ungestört.

Doch sie hatten getaugt, die bunten Bücher. Um sich dahinter zu verstecken, um die Zerrissenheit zu kaschieren, die ihn quälte – zu jung, um den Freundinnen seiner Schwestern mehr zu sein als eine selbstverständliche Begleitung. Stark genug, um ihnen die unförmigen Taschen mit den nassen Bikinis, den feuchten Badetüchern und den leeren Thermosflaschen zu ihren Fahrrädern zu tragen; zuverlässig genug, um auf ihre bestickten, kleinen Portemonnaies und ihre neuen Tischtennisschläger aufzupassen; gut genug, um mit ihnen ein Match zu spielen, damit sie die langen Haare fliegen lassen konnten, bis irgendein Kai oder Achim oder die schönen Zwillinge aus der 11b ihn überflüssig machten. Und alt genug, um zu spüren, dass seine Zeit noch nicht gekommen war, dass sie vielleicht nie kommen würde. Er war mollig und ungelenk, sein Haar spielte ins Rötliche, er interessierte sich nicht für Fußball, und es war lange her, dass man ihn «süß» genannt hatte.

All das hatte ihn dahin geschoben, in die feuchte Wärme der Halle im heitersten Jugendstil. Er musste etwas für seinen Körper tun – aus Vernunft, auf Anraten von Fassbaur, der vor Rückenbeschwerden warnte («du sitzt den ganzen Tag, Sebastian, und einmal Rasenmähen pro Woche ist wirklich nicht genug –»), und auf die Seitenblicke Moras hin, wenn er morgens das Schlafanzugoberteil über den Kopf streifte und seinen erschlaffenden Bauch spürte wie etwas, das nicht zu ihm gehörte. Damals, in seinen letzten zwei Jahren vor dem Abitur, war er frühmorgens zum Schwimmen gefahren, hatte die Wohnung vor allen anderen verlassen und war so dem Familienfrühstück entgangen, das ihn sonst in seiner Mischung aus gereizter Hektik und Unausgeschlafenheit überfordert in den Tag schickte. Stattdessen hatte er sich in klösterlicher Ruhe, in einem Haus voller Schlafender, zwei belegte Brote gemacht, sie akkurat in seine Frühstücksbox aufeinandergelegt und war durch die stille Vorortsiedlung geradelt, allein mit sich und, wie er im Rückblick feststellte, in köstlicher, vitaler Selbstzufriedenheit.

All dies schwang mit, wenn im letzten Sommer der Wecker um fünf Uhr fünfzehn brummte und Mora sich auf die andere Seite drehte, wenn er in der Küche einen Espresso trank und ein Müsli aus einer weißen Porzellanschale verzehrte. Und wenn er in der Kabine stand, das Gemisch aus Plastik, Putzmitteln und Chlor atmete, sein Oberhemd über dem Bügel ordnete und auf nackten Füßen in seiner blauen Badehose zum Spind am Ende des Ganges tappte, wenn er sich das Plastikbändchen um das Handgelenk fummelte und schließlich am langen Beckenrand, da, wo es am tiefsten war, seinen Körper in die Schwerelosigkeit sinken ließ.

Erst nach Wochen wurde er gewahr, dass an diesem Ort nicht nur Gewohnheitstiere wie er genügsam ihrer Verpflichtung oder ihrem Vergnügen nachkamen, hin und wieder mit einem höflichen Nicken des Wiedererkennens, aber für sich und ohne Erlebnisbedarf – sondern dass auch hier etwas geschah. Am Rand des großen Beckens, auf der anderen Seite, lief sommers ein dicht tätowierter junger Mann auf und ab und machte hin und wieder akzentuierte Bewegungen; im Herbst wurde er von einer Frau abgelöst, deren Gewandtheit, kraftvoll und von federnder Eleganz, die Aufmerksamkeit auf sich zog. Schwimmunterricht.

Er hatte sich beim Lernen immer wohlgefühlt, möglicherweise im Ausgleich für die widersprüchlichen, unvorhersehbaren Anforderungen, die seine Mutter an ihn stellte. Eine Rechenaufgabe meistern, einen Einkauf im Eckladen erledigen, den Müll hinausbringen, das war die Hilfsschule seiner Liebe zu ihr. Dann kam, auf der zweiten Stufe, die systematische Entwicklung dessen, was sie seine Begabungen nannte: das schwarze Piano mit den schweren Verzierungen, der Tennisschläger mit dem noblen, hölzernen Schaft, die Barockflöte und die Esperantobücher gehören zu diesem Inventar der weitgespannten Hoffnungen; all diese Dinge, die, bis auf das Piano, im Keller in diversen Kisten ihrer (seiner) Erlösung harren, so wie der türkisfarbene Skianzug, der die verfehlten Ambitionen der späten Achtzigerjahre in seinen drastischen Streifen birgt. Immerhin, er könnte in Esperanto noch heute ein Alltagsgespräch bestreiten, nur gibt es vermutlich niemanden mehr außer ihm in Europa, der mit Kiel vi fartas? eine Unterhaltung begönne. Das Lernen selbst, die vorhersehbare, portionierte Aufnahme von Informationen zum Zweck ihrer Abrufbarkeit, erschöpfte sich aber niemals in seinem Reiz; noch immer erklimmt er jeden Hügel mit jener hoffnungsvollen Strebsamkeit, die damals die kleine Rettung war aus unerfüllbaren Erwartungen; nie genau formuliert, aber stets gegenwärtig, ein Hintergrundzittern der Atmosphäre.

Er dachte, dass sein Bruststil verbesserungswürdig war; er hielt den Kopf steif und das Kinn halb über dem

Wasserspiegel, wie die alten Frauen mit ihren geblümten Badekappen, die ihm würdig und walrossartig entgegenkamen. Und wie damals hatte er das Gefühl, dass seine Beine eher hilflos als mit rhythmischer Bestimmtheit die Vorwärtsbewegung der Arme stützten. Nach einer halben Stunde war er an den falschen Stellen erschöpft: im Schultergürtel, der nach Entspannung verlangte, im Becken, das sich eher steif als locker anfühlte.

An einem Dienstagmorgen ging er zu der verglasten Kabine, in der eine massige Frau im weißen Kittel eine Liste mit Bleistifthäkchen versah, und fragte, ob man hier Schwimmunterricht vermittelte. Er bekam einen Zettel mit einer Telefonnummer und einem Namen, den er nicht ganz entziffern konnte; jedenfalls hieß sie Lena, und irgendwas Polnisches kam hinterher.

Es war einfach, eine Verabredung zu treffen; er war immer ein Frühaufsteher gewesen, und niemanden außer ihn interessierte die Stunde um sechs Uhr dreißig. Lena studierte Sport und Geschichte auf Lehramt, sie war methodisch und von fröhlicher Unerbittlichkeit; er konnte sich gut vorstellen, wie sie in wenigen Jahren eine Horde Halbwüchsiger bis zur Erschöpfung domptieren würde – was vermutlich ein größerer Dienst an der Gemeinschaft war, als die meisten Pädagogen im Rahmen ihrer Anstellung zuwege brachten. Ihre private Uniform aus einem Trainingsanzug in Blau, dunkelgrauer Schirmkappe und klobigen weißen Sportschuhen machte aus ihr eine neutrale Erscheinung; nur der wippende, blonde Schweif erinnerte daran, dass es auch eine zivile Lena gab, die nachts vielleicht in jenen kleinen Bars in Schwabing und Haidhausen abhing, die er vor zwanzig Jahren frequentiert hatte – falls es die überhaupt noch gab. Ihre Stimme hatte einen metallischen Klang und ihre Aussprache eine Härte, die es leicht machte, sie zu verstehen, wenn sie ihm vom Beckenrand aus ihre Korrekturen zurief; immer nur einmal, als wollte sie jetzt schon ihre Autorität perfektionieren. Auch lobte sie ihn nie, was er als angenehm empfand: Ihr Vertrag war einer unter Erwachsenen, um ein sachliches Ziel zu erreichen. An einem besonders warmen Herbstmorgen erkannte er sie, als er das Bad verließ, einzig an ihrem federnden Schritt: Sie ging etwa fünfzig Meter vor ihm, eine überraschend grazile Gestalt in einem geblümten Rock, das ausgebreitete Haar wie ein Fächer über der roten Jacke leuchtend, eine Aktentasche unter dem linken Arm, so wie er.

So hätte es weitergehen können, bis er auch das Rückenschwimmen beherrschte.

Doch eines Abends im Dezember hockte sie allein an der Bar des Italieners, in dem seine Abteilung die Weihnachtsfeier absolvierte. Noch vor halb zehn löste sich die Tafel auf, weil sie direkt vom Büro hierhergezogen waren; beim Hinausgehen sah er sie vor einem Campari sitzen. Sie nahm ihre kleine Tasche vom Hocker neben sich und legte sie auf den Tresen; ein weiches Etui mit einer applizierten Blume aus Filz, das ihn an die Hippiephase seiner Schwestern erinnerte. «Ist das schon retro oder immer noch modern?», fragte er, während er sich auf den Hocker neben ihr schob, weil ihm alles andere grob unhöflich erschienen wäre. «Haben Sie Kinder, oder sind Sie im Modebusiness?», fragte sie zurück.

Erst da fiel ihm auf, dass sie nichts von ihm wusste; sie hatte ihr Studium bei ihrem ersten Zusammentreffen erwähnt, weil es ihre Qualifikation bewies, während es für seinen Schülerstatus ganz unerheblich war, dass er als Jurist in gehobener Laufbahn Verwaltungsprozesse betreute. «Interessiert Sie das wirklich, oder ist das eine Retourkutsche, weil ich nicht gesagt habe, dass ich Sie bezaubernd finde?» Das konnte man so oder so verstehen; es war ihm herausgerutscht. «Trinken Sie einen Campari, oder nehmen wir einen Caffè?» Zu dieser Frage gab er dem jungen Mann Bescheid, der hinter der Theke Gläser nachfüllte und die Espressomaschine zischen ließ. Zwischen ihnen gab es keine Antworten an diesem Abend; sie schoben nur Fragen hin und her, eine Art Schiffeversenken, bei dem ein Treffer sich lesen ließ aus den Bewegungen der Körper, den Pausen und, hin und wieder, den Blicken. Der ungewohnte Alkohol, der Zufall der Begegnung, die dunkle Nische am Rande des freundlich lärmenden Betriebs riefen ein zweites Ich in ihm auf, das nach Verzauberung verlangte und dem ein Schwebezustand nicht als ein Durchgangsstadium der Existenz erschien, sondern als ihre höchste Präsenz. Im Kern der physischen Realität, so hatte er unlängst verstanden, herrschte die Unbestimmtheit, jedenfalls nichts Materielles mehr; wir bestehen nicht aus Teilchen, sondern aus Verhältnissen, aus Spannungszuständen, die unentwegt in Bewegung sind.

Als er das Interview mit dem Quantenforscher las, wahrscheinlich im «Spiegel» oder in der «Zeit», die zu Hause in Vaterstetten gewöhnlich halb zerlesen auf dem Couchtisch lagen, war ihm das widersinnig erschienen, doch es handelte sich wohl nicht um die Spinnerei eines Einzelnen, sondern den Stand der Forschung. In diesen Stunden im Dezember schien die Erkenntnis atmosphärische Gestalt anzunehmen, mit einer Ladung von Energie, die Raum und Zeit, die Anwesenheit fremder Menschen und ihre Geräusche und Gerüche zu einer einzigen Dimension verschmolz, ohne Wünsche außer dem einen, dass diese ungeheure Gegenwärtigkeit ihm bleiben sollte. Er spürte sein Gesicht und seine Füße auf dem Barhocker, seine langen Gliedmaßen und seinen Puls, sogar seine Augenbrauen und Ohren, und er fühlte, irgendwann, seine Hände in den ihren, auf ihren Knien, wie warme, zufriedene Tiere, die sich aneinanderlegen zum Schlaf und die man nicht auseinanderreißen durfte, weil sonst die Welt einen Riss bekam.

Er hatte nie begriffen, was flirten heißt. Was er im Fernsehen sah, erschien ihm läppisch, was er im Kino sah, zu roh, und was er um sich herum beobachtete, auf dem Schulhof und in der Uni, auf Feten und manchmal in Diskotheken, ging über seinen Verstand: Wie fiel diese Entscheidung, einen fremden Menschen an sich heranzulassen, seine Berührung zu suchen, einen Auslieferungsantrag zu stellen? Wie kamen diese Blickwechsel zustande, in deren Sekunden ganze Verhandlungen geführt wurden, von stummer, beredter Kraft, mit einem Ergebnis, das zwei Leben tumultieren konnte?

Du bist ja ein Romantiker, Sebastian!, hatte sein Kommilitone Marco mit sarkastischem Lächeln festgestellt, im Biergarten, wo sie nach einem Prüfungstag die Spannung abtranken, unter den gütigen Kastanien mit ihrem spielenden, späten Licht, und er ihm seine Ratlosigkeit offenbarte. Aber so läuft das nicht. Du checkst aus, was geht, und vielleicht wird was draus, und wenn nicht, dann hatten beide ihren Spaß, wo ist das Problem? Während sie sprachen, fuhr er sich wiederholt durch den in die Stirn fallenden, schwarzen Schopf, und die dralle Kellnerin mit den leuchtenden Oberarmen kam öfter an ihren Tisch, als nötig gewesen wäre. «Wie geht's euch, Jungs, alles klar bei euch?»

Und später warteten sie auf diese Stefanie, während deren Kollegen die letzten Gläser einsammelten, die Aschenbecher in die scheppernden Blecheimer entleerten und leger über die Holztische wischten, während die Glut in den Steckerlfisch- und Fleischgrillen zischend gelöscht wurde und qualmend niederging, und noch, als aus der Kette mit bunten Glühbirnen, die der Szenerie einen Touch von Kindergeburtstag und Kirmes verliehen hatte, ein melancholisch durchhängendes, kahles Gewinde geworden war. Ein Renoir hatte sich binnen einer halben Stunde in einen de Chirico verwandelt. Und eine Stefanie in einem weit ausgeschnittenen T-Shirt und Jeans stand plötzlich vor ihnen, «das Dirndl gehört mir nicht, was glaubt denn ihr?», und sie zogen in eine Bar am Isartor, wo die Discokugel aus dem Platz vor dem Tresen eine kleine Tanzfläche machte und alles engen Kontakt erzwang: die laute Musik, das unruhige Halbdunkel, die mühsamen Wege zum Ausschank; ein Gitterwerk aus bedrohlichen Stimulierungen für Schüchterne wie ihn und eine selbstverständliche Umgebung für Marco und Stefanie, die schon eng miteinander tanzten, als er mit zwei Flaschen Bier und einer Weißweinschorle zurückkam;

entmutigt von der Gleichgültigkeit, mit der die blonde Kellnerin sein großzügiges Trinkgeld eingestrichen hatte, und gestresst von der Angst, die eiskalte Schorle einem der wippenden Menschen um ihn herum in den Ausschnitt zu schwappen. Stefanie machte ihn schreiend mit zwei Freundinnen bekannt, die eng nebeneinander an der Wand lehnten und, soweit er verstand, ebenfalls vom Kellnern in einem Biergarten kamen. «Feierabend!», erriet er die ostentative Lippenbewegung der hochgewachsenen Mageren mit viel dunklem Haar, als sie ihre Bierflasche hob, um mit ihm anzustoßen.

Mitten in diese Gedanken läutet sein Telefon. Moras Stimme ist angespannt; eine feine, zitternde Linie schwingt über der heiseren Melodie, die ihm so oft das Bedürfnis einhaucht, sich zusammenzurollen.

«Deine Schwester hat uns geschrieben. Sie schlägt vor, dass wir deinen Vater zu seinem Geburtstag besuchen. Oder jedenfalls du.»

Ihre Bereitschaft, gekränkt zu sein, überrascht ihn immer wieder. Es kommt ihm so vor, als sei sie über die Jahre gewachsen, vor allem in letzter Zeit, seit Ben das Haus bereits mit aufgesetzten Kopfhörern verlässt, eine Blackbox auf sehr langen Beinen.

«Bettina?»

«Natürlich. Wann haben wir von Huberta zuletzt auch nur ein Wort gehört?»

«Sie hat zu Adrianas Geburtstag geschrieben.»

«Und einen Schein dazugelegt, wie jedes Jahr. Bloß, um sich keine Gedanken machen zu müssen.»

«Vielleicht hat sie sich zu viele Gedanken gemacht. Wir sind ja auch nicht die Weltmeister im Schenken.»

Adrianas zusammengepresster Mund im kühnen Mädchengesicht, als sie das große Paket mit der luxuriösen Daunenjacke öffnete: ein schmerzliches Urteil über den Geschmack ihrer Mutter. Schwer zu sagen, ob Mora noch daran denkt. Er ist, nach all den Jahren, noch immer perplex, welche verschwiegenen, unvorhersehbaren Pfade die Erinnerung nimmt, wie wenig selbstverständlich ein Ehegedächtnis ist.

«Jedenfalls glaube ich nicht, dass Ben Lust hat, und Adriana ist im Herbst ja schon in Bolivien.»

«Also geht es vor allem um uns.»

«So wie ich deinen Vater kenne, geht es vor allem um dich.»

Eine weitere Wunde, die sich nicht schließen lässt. Du hast eine Tragödin geheiratet, hatte Bettina am Hochzeitsabend zu ihm gesagt, leicht angetrunken, die hellen Locken über den mit bunten Steinen geschmückten Ohren tanzend wie schimmernde Einzelwesen voller Bewegungslust: eine Antigone, eine Göttin vom Mittelmeer. Du wirst ihrer Liebe nicht entgehen!

«Lass uns heute Abend darüber reden, okay? Ich bin fast am Stachus.»

Und ich will das nicht in der S-Bahn diskutieren und auch nicht im Gehen. Überhaupt nicht am Telefon.

«Gut, ciao.»

Mora hat das Gespräch beendet, ohne auf seine Antwort zu warten. Irgendwann hat er damit aufgehört, solche abrupten Schlüsse durch ein freundliches Nachsetzen gleichsam zu umwickeln wie einen klaffenden Stumpf; es scheint ihm inzwischen, dass das ihre Art ist, die Verbindung zu halten, indem sie sich nicht beschwichtigen, nicht verabschieden lässt – eine paradoxe Form von Nähe, die ihn durch die eigene Unruhe, durch das Bedürfnis nach Harmonie stärker an sie bindet, als Freundlichkeit es vermöchte. Aber er hat sich auch darin trainiert, einen gewissen Gleichmut zu entwickeln, die Spannung einzuklammern – um seiner Selbstachtung willen.

Als sie sich kennenlernten, waren ihr mediterranes Temperament, ihre ungestüme Art, ihn zu erobern, ihm wie eine mit Samt gefütterte Gondel erschienen; äußerlich schwankend in Unwettern aller Art, aber für seine Seele eine perfekte, gut gepolsterte Form. Er hat den permanenten Kampf, den Bettina witterte, so wenig vorhergesehen wie die Politiker den Krieg in Jugoslawien – fehlgeleitet von der eigenen Friedfertigkeit, gegen die Mora schon bald wütete, weil die für sie dasselbe war wie westlicher Hochmut; Appeasement aus selbstzufriedener Kaltherzigkeit. Er hat ihr geholfen, lange Briefe an diverse Zeitungen und Abgeordnete zu formulieren, er hat sie zu Demonstrationen begleitet und mit ihr Geld gesammelt, er hat mit ihr auf vierzehn Quadratmetern gehaust, damit das Wohnzimmer ihrer winzigen Wohnung für Flüchtlinge zur Verfügung stand; lauter fremde, im Schlaf schreiende Menschen, mit denen sie in rasendem Tempo in ihrer konsonantenreiche Sprache verhandelte. Damals gab er jede Hoffnung auf, jemals ein vollwertiges Mitglied dieser wechselnden Versammlungen zu werden; stattdessen kochte er Nudeln und Suppe und Unmengen schwarzen Kaffee und lernte, immerhin, das Schnapstrinken.

Damals war der Krieg im Außen, so dass Bettinas verwirrende Prophezeiung in Vergessenheit geriet. Es gab immer so viel zu tun, dass ihre Beziehung niemals Gegenstand ihrer Aufmerksamkeit war, so wenig wie ein Marathonläufer darüber nachdenkt, ob er die richtigen Schuhe trägt. Dann kam Adriana, sie kauften das Haus und bauten es um, dann wurde Benjamin geboren, dann starb seine Mutter, dann schrieb sie ihre Doktorarbeit, dann erkrankte ihr Vater an Krebs – in all diesen Jahren durften Spannungen zwischen ihnen nicht mehr sein als Kräuselungen der Wasseroberfläche. Es gab weder Zeit noch Raum für eigene Krisen in einem Universum aus Notwendigkeiten und Loyalität.

Als er Marco in eben dem Biergarten traf, in dem sein Schicksal einen Auftakt genommen hatte, und als dieser ihm vom Niedergang seiner Ehe mit der blonden Ulrike erzählte (Erbin eines beträchtlichen Vermögens, unter der glasierten Oberfläche aber von naiver Anhänglichkeit), kam sein früherer Kommilitone ihm vor wie ein in die Jahre gekommener Beau, der, anstatt erwachsen zu werden, seine Bedürfnisse nach Aufregung und Veränderung in künstlichen Dramen ausagierte. Heute sieht er das anders, oder er muss es anders sehen.

Donnerstag, 24.1.
Meine größte Bedrohung: die Inkohärenz. Lerne ich jemanden kennen, wie stelle ich mich vor? Bin ich Anglistin? Eine Dichterin? Beinahe freischaffende Lebenskünstlerin? Oder eine Mutter, die für Geld etwas tut, das nicht der Rede wert ist (Bescheidenheit – die Verpflichtung zur Bescheidenheit – mit ihren selbstzerstörerischen Auswirkungen)? Eine freundliche Dilettantin?

Tatsache ist, dass ich zusammensacke, wenn ich kein Gegenüber habe, das mich als bedeutsam spiegelt. Ich löse mich auf in dienende, triviale Tätigkeiten. Ich verliere zuerst an Form, dann an Substanz. Ich kümmere mich um das Kind, um den Haushalt, ich kaufe ein, ich erledige tausenderlei Pflichten, die niemals enden, im Gegenteil: die sich vermehren (denn hast du einmal eingekauft, kannst du auch gleich die Speisekammer aufräumen, und wie sieht überhaupt das Badezimmer aus …?). Ich gehe zur Therapie, um mein Selbst hin und wieder abgeben zu können in gütige weibliche Hände, denen ich vertraue, die mich stützen. Aber sie zeigen mir nicht, was ich sein könnte (und was ich in einem gewissen Maß auch bin) – das muss ich selber tun. Einstweilen, und vielleicht für immer. – Diese Klarheit stieg auf nach wenigen Stunden Lektüre und Konzentration.

Angelika starrt auf den eingerissenen Zettel, mit einem Klebestreifen versehen, den Zeit und Schmutz zu einem graubraunen Wurmfortsatz gemacht haben. Wie viele Jahre ist das her? Sie hat die Notiz für wichtig genug erachtet, um sie irgendwo hinzuhängen, wahrscheinlich an ein Regalbrett über dem Schreibtisch, der seiner Verwahrlosung entgegendämmerte; damals, in Kreuzberg. Jetzt hockt sie in einer Küche in Friedenau vor einer Umzugskiste, auf deren Grund sie das Blatt, zwischen einer Tüte dicker Socken und dem Rumpf eines Mixers, herausgezupft hat: eine still leuchtende Erinnerung an einen sinnvoll verbrachten Vormittag.

Sie greift nach den Zigaretten, öffnet das Fenster, lehnt sich hinaus. Marie ist in der Schule; es wird Stunden dauern, bis sie diesen Raum betritt, aber die Gewissensmechanik ist stärker. Sie bläst den Rauch in die warme Luft, in die Blätter des riesigen Baums, zu dem sie den Namen nicht weiß. Marie wird ihn wissen oder recherchieren; spätestens im nächsten Monat, wenn die sogenannte Naturwoche beginnt, in der sie mit Frühstücksboxen voller Erde und Papiertütchen voller winziger, harter Samenkörner zu Frau Karwinkel streben wird, folgsam und von Leidenschaft zur Exaktheit erfüllt. Noch greift in Maries Verstand ein Teil der Welt in den anderen, auf den Samen folgt die Pflanze, auf den Sommer der Herbst, und was nicht mehr passt, zum Beispiel der Weihnachtsmann, löst sich anscheinend schmerzlos auf. Nur das Loch zwischen Papa und Mama, das bleibt. Und wenn sie es einmal nicht spürt, dann erinnert ein Kinderbuch, ein Telefonanruf, ein Filmplakat an die kaputte symbolische Ordnung.

«Das doppelte Lottchen» hört ja leider so auf, dass alle

vier wieder zusammenkommen. Wochenlang war Angelika um die Litfaßsäulen laviert, bis, nach dem Strandurlaub in Italien, ein neuer Kinderblockbuster Erlösung lieferte; irgend so eine Geschichte, in der eine Horde Schüler selbstständig ein Rätsel löst und die Welt der Erwachsenen nicht mehr ist als ein Hintergrundrauschen. Der Film hat sie eigentlich mehr beflügelt als Marie, die im Halbdunkel neben ihr gewissenhaft ihren Becher Popcorn leerte und ohne erkennbare Regung die Handlung auf sich regnen ließ. Beim Hinausgehen blieb sie vor dem Schaukasten stehen, in dem die blonden Zwillinge immer noch paradierten, die eine ernst und mit Zöpfen über ein Schulheft gebeugt, die andere heiter balancierend auf einem Ast.

«Den wollte ich gerne sehen.»

«Jetzt ist es leider zu spät, mein Schatz. Aber vielleicht gibt es ihn nächstes Jahr schon auf DVD, und dann gucken wir ihn zusammen.»

Das waren vier Lügen in einer Antwort. Der Film lief noch als Matineevorstellung, es tat Angelika nicht leid, die DVD würde ganz sicher kommen, und sie würde sie nicht besorgen.

Wo ist eigentlich dieses Keramikteil mit Deckel? Sie meint sich zu erinnern, dass sie es in eine Zeitungsseite gewickelt hat; jetzt ist es zu spät, um danach zu suchen. Sie hält die Kippe unter den Wasserhahn und wirft sie in einen der blauen Müllsäcke um sie herum. Andere Leute schmeißen das Überflüssige *vor* ihrem Umzug weg. Vielleicht hatte Marie ja recht mit ihrem Insistieren auf «Das doppelte Lottchen»; vielleicht wäre es ja besser, zusammen zu heulen, als tapfer den Schmerz wegzudrücken. Es wäre ja auch besser, den Tag mit Yoga zu beginnen als mit Kaffee und Zigaretten. Aber wer weiß, ob sie den Zettel überhaupt gelesen hätte, wenn sie, nach einem gesunden Frühstück und im kompakten Furor des Wirtschaftens, auf diesen Karton gestoßen wäre. «Küche, Diversa» steht drauf, eine kleine Mahnung war drin. Vielleicht lohnt es sich doch, das Innere und manchmal Äußere in seiner unklaren Wechselwirkung zu dokumentieren; vielleicht ergibt sich daraus die scheckige Dialektik, die man zum Leben braucht? Ich sollte mir ein Tagebuch kaufen, denkt sie, so wie früher, eine einfache Kladde in Rot, oder vielleicht besser etwas Kostbares, irgend so ein in Leder oder geprägten Samt gebundenes Buch, das Wertschätzung ausdrückt, für mich selbst und meine Gedanken, das würde mir Halt geben und dafür sorgen, dass das, was mir zustößt, weniger wird, weil ich es einbalsamiere mit –

Das Telefon brummt. Bettina.

«Hey, was machst du?»

«Ich wühle in einer Kiste.»

«Hast du gefunden, was du suchst?»

«Ich hab vergessen, was ich gesucht habe. Ich glaube, die Regenjacke von Marie, stattdessen weiß ich aber jetzt, wo die Kuchenform für ihren Geburtstag ist, die ich vor drei Wochen gebraucht hätte. Bis nächstes Jahr ist sie sowieso wieder verschwunden.»

«Macht einen fertig, Materie.»

«Ja, macht einen fertig. Immer zu viel, immer an der falschen Stelle. Aber ich glaube, früher habe ich das komisch gefunden.»

«Was ist denn los?»

«Ich bin am Ende, oder so. Aber ich mag gar nicht darüber reden.»

«Warum?»

«Es kommt mir so albern vor. Ich gehöre zu den vielleicht fünf Prozent der Weltbevölkerung, die am glücklichsten dran sind. Wir leben in einem Rechtsstaat, wir haben Bildung, wir sind gesund, ich kann leben von dem, was ich im Kopf habe, ich kann sogar eine Wohnung kaufen, wenn auch nur auf Pump, ich habe eine Tochter, die keinen Schaden hat, und bei alldem stehe ich in meiner eigenen Küche herum und tue mir selber leid.»

«Wie weit ist denn die Renovierung?»

«Die Firma hat ihre Handwerker abgezogen, weil sie der Auffassung ist, sie hätte ihren Vertrag erfüllt. Aber im Bad ist keine einzige Fliese an der Wand, also kann man nicht duschen, und in der Küche gibt es nur einen winzigen Boiler unter der Spüle, der zwei Liter Wasser von kalt auf lauwarm erhitzen kann.»

«Und was sagt die Architektin?»

«Die hat sich verpisst ins Gelände. Alleinerziehende Mutter –»

«Ach, was! Und was bist du?»

«Ich bin eine Mutter, deren geschiedener Mann um die Ecke wohnt und sich jederzeit kümmert. Sie ist eine alleinerziehende Mutter, die Probleme mit dem Kindsvater im Ausland hat und eine Erschöpfungsdepression. Ich habe einen Termin mit einem Anwalt gemacht. Aber ich weiß natürlich jetzt schon, dass ich einknicken werde, wenn sie mir eine Mail schickt, dass sie nicht weiterweiß. Ich weiß nur nicht, wem ich so eine Mail schicken kann.»

«Du hast dich länger nicht gemeldet.»

«Weil ich so genervt davon bin, wenn ich mich klagen höre. Und weil ich mir sage, das müsste doch in den Griff zu kriegen sein. Ich habe ja keine Krebsdiagnose, ich habe nicht mal Liebeskummer. Wir reden über praktische Probleme, es geht am Ende um Geld, und es geht um Materie, und es wird sich irgendwann erledigt haben. Das ist wie ein gebrochenes Bein – extrem lästig, wenn man auf Krücken von der Küche ins Schlafzimmer geht und nicht mal eine Tasse Tee mitnehmen kann. Aber man weiß doch, dass es vorbeigeht! Ich brauche eigentlich nur meinen Verstand. Aber der will partout nicht kooperieren.»

«Ich finde, es geht nicht nur um Geld. Es geht um dein Zuhause, das ist deine zweite Haut, und außerdem ist es der Ort, an dem du arbeitest. Das ist dein Seelengehäuse.»

«Ich fühle mich wie jemand, dem man eins über den Schädel gezogen hat, um ihm die Brieftasche abzunehmen. Man weiß, dass es das gibt, das hat man auch vorher gewusst, aber wenn es einem passiert, bricht trotzdem die Welt zusammen. Ich komme einfach nicht darüber weg. Ich weiß, dass ich mich um andere Handwerker kümmern müsste, ich weiß, dass ich zu Ikea fahren muss, um einen Kleiderschrank zu besorgen, aber ich bring's nicht fertig, ich bin wie gelähmt.»

«Ich glaube, das könnte man Traumatisierung nennen.»

«Ach, Traumatisierung, davon können die Syrer sprechen, die hier im Regen auf ihre Papiere warten.»

«Großartiger Vergleich. Fühlst du dich jetzt besser?»

«Nein, jetzt habe ich mich nur daran erinnert, dass ich zu dieser Initiative fahren wollte, um da Maries alte Klamotten abzugeben. Noch so ein Termin, zu dem ich mich nicht aufraffen kann. Dabei hätte ich ja die Zeit, wenn ich mich besser organisieren würde. Stattdessen sitze ich abends da und gucke die Nachrichtenseiten durch und hänge auf Facebook ab und lande irgendwann bei Gala.de und trinke zu viel und bin am nächsten Morgen verkatert und fühle mich extra scheiße.»

«Warum hast du mich nicht angerufen?»

«Weil ich in solchen Phasen niemanden anrufen kann. Ich will nicht über dieses triviale Elend reden, aber ich kann mich auch nicht für etwas anderes interessieren.»

«Musst du auch nicht. Du bist doch interessant genug.»

«Finde ich nicht. Aber du hast recht, es ist schon so, dass ich nur merke, wie ich mich fühle, wenn ich es aussprechen kann. In solchen Phasen laufen Gehirn und Gemüt wie getrennt voneinander. Ich weiß, was ich denke, aber wie es mir geht, das merke ich nur daran, wie ich mich verhalte, das ist wie abgelöst von mir selbst, ein vollkommen stumpfes Trudeln. Und es gibt eben niemanden, der mich darauf anspricht, weil ja niemand dauernd in meiner Nähe ist, nur Marie, und bei der nehme ich mich natürlich zusammen.»

«Wie geht es Marie?»

«Wenn ich das wüsste ... Ich glaube, es geht ihr gut. Jedenfalls geht sie morgens gern aus dem Haus. Würde ich auch gern.»

«Wie wäre es, wenn du abends mal aus dem Haus gehen würdest? Am Mittwoch ins Kino, der Film mit Julianne Moore, in dem eine Professorin Alzheimer kriegt. Wollen wir da zusammen hingehen?»

«Warum nicht. Wenn man nicht weiterkommt mit seinen Problemen, dann muss man sich ein paar frische besorgen.»

«Das ist doch eine gute Devise. Ich muss jetzt zu meiner Vorsorgeuntersuchung. Und: Ruf an, okay?»

Ein Unwohlsein hat sich in ihr festgehakt, stellt Bettina fest, als sie vor dem Kleiderschrank steht. Wenn sie nicht weiß, wie es ihr geht, dann zeigt sich das an diesem Ort: Ist ihr Inneres in Balance, dann kann sie sich schnell entscheiden, bemerkt die Entscheidung kaum, nimmt sich irgendwas, zieht es an und fühlt sich wohl. Steht sie so lange herum wie jetzt, nimmt die Unschlüssigkeit zu, das ist dann ein Ausdruck von Ambivalenz, der nichts mit der Garderobe zu tun hat. Angelika macht ihr zu schaffen, das ist das eine: Sie würde gern wissen, wie man wissen kann, ob jemand Hilfe braucht, auch wenn er nicht darum bittet. Und ob man es eigentlich merkt, wenn jemand in eine Depression rutscht, selbst wenn man ihn sehr gut kennt. Angelika war immer extrem, in ihren Diäten, in ihren Plänen und in ihrer Energie, aus dem eigenen Leben zu desertieren. Doch das kann sie nun schon lange nicht mehr, mit einem Kind, und jetzt hat sie auch noch eine Wohnung gekauft; sicher eine vernünftige Entscheidung, vor allem, wenn man durch den Beruf so gar nicht abgesichert ist, aber damit hat sie zwei Pflöcke eingeschlagen, an die sie auf lange Zeit gebunden sein wird – und das Kind namens Marie ist eigentlich mehr als nur ein Pflock, das ist schon Zement. Vielleicht lähmt sie das mehr, als es ihr Halt geben kann.

Und dann ihre eigene Mail. Bettina nimmt eine hellblaue Bluse in die Hand und stellt fest, dass ein Manschettenknopf fehlt. Als sie die paar Zeilen vor zwei Stunden schrieb, im Grunde spontan, kam ihr die Munterkeit unwiderstehlich vor, der einzig mögliche Ton, in dem sich so eine heikle Sache überhaupt angehen ließ. Von Huba hat sie seit Monaten nichts mehr gehört, und sie bezweifelt, dass deren Kontakt nach Vaterstetten frequenter ist. Sie hängt die Bluse über einen Stuhl, damit sie nicht vergisst, sie zum türkischen Schneider zu bringen. Sie hat Mora in cc gesetzt, damit die sich nicht genötigt fühlt, aber auch nicht ausgeschlossen. Doch das weiß nur der liebe Gott, was ihre Schwägerin daraus macht und was ihr Bruder darüber denkt. Seit er geheiratet hat, spürt sie eine Drift, die ihn von ihr fortbewegt; sie hätte sich längst daran gewöhnen können, aber da ist noch immer ein schmerzhaftes Ziehen, wenn sie an ihn denkt, ein Nicht-Einverstandensein damit, wie sich die Dinge entwickelt haben. Sein sommersprossiges, vergrübeltes Gesicht, wenn er über den Hausaufgaben saß, als hinge sein Leben davon ab und als wäre das Pippi-Langstrumpfhafte seiner

Erscheinung – das rötliche Haar, die rutschenden Strümpfe unter den kurzen Hosen – nur eine Parodie auf jenen existenzialistischen Ernst, der in ihrer aller Gene, den problematischen Weinhofer-Genen, schlummert.

Sie zieht einen roten Baumwollpullover mit weißen Biesen aus dem Regal. Letzten Sommer hat sie gedacht, dass sie zu alt dafür ist; sie hat ihn vor mehr als zwanzig Jahren gekauft, und er ist noch immer in Form, mehr jedenfalls als sie an gewissen Stellen. Es sind so viele gute Stunden darin verwahrt, die ganze Fahrradtour durch die Franche-Comté mit Selma und Angelika, dass sie wieder heiter wird, als sie ihn überstreift. Die schwarze Hose ist am Saum stark abgestoßen, aber schließlich geht sie nicht zu einem Vorstellungstermin, und den Mann ihres Lebens, falls sie ihn mit Johannes nicht schon getroffen hat, dürfte so etwas auch nicht stören. Sie widersteht der Versuchung, noch einmal an den PC zu gehen; wenn schon eine Antwort gekommen ist – oder eine Nachricht von Sophie, ob sie am Wochenende zu Hause ist –, dann ist sie so sehr versucht, gleich wieder zurückzuschreiben, dass sie zu spät bei der Ärztin sein wird. Kommunikationsjunkie, so nennt Johannes sie seit einigen Jahren, aber er sagt solche Dinge anders als früher, weniger aggressiv, oder sie fühlt sich weniger schnell angegriffen als in der ersten und zweiten und dritten Zeit – manchmal fällt es ihr schwer zu glauben, dass sie noch immer zusammen sind und dass es sogar schöner als früher ist, auf eine entspannte Art. Das eine Jahr allein, als er seine eigene Wohnung hatte, dieses genügsame Souterrain-Ding, in dem es nicht einmal eine Küche gab, hat ihr völlig unerwartet gezeigt, dass sie gar kein Gegenüber braucht, um unzufrieden zu sein. Auf einmal war da niemand mehr, der schnarchte oder nicht zuhören wollte oder das Radio aufdrehte, ohne zu fragen, ob man die neuesten Terrornachrichten auf nüchternen Magen verträgt; auf einmal gab es keinen Erwachsenen mehr in der Wohnung, der einem die Laune verdarb, wenn man fröhlich nach Hause kam, weil seine neue Dekanin, (die natürlich nur eine Quotenbegünstigte war), den Etat zusammengestrichen hatte und nun eine fünfunddreißig-Prozent-Sekretärin weniger zur Verfügung stand. Und auf einmal gab es diese Sonntagmorgen nicht mehr, in denen sie allein in der Küche saß und wartete, wann er wach werden würde, und sich in der Zwischenzeit mit der ewigen Frage befasste, was sie noch miteinander anfangen konnten und ob das noch Liebe war.

Als sie ihre Schuhe sucht, klingelt das Telefon.

«Melker in Hut und Mantel.»

Wer immer es ist, hat jetzt was zu denken. Sie geht mit dem schwarzen Teil aus Plastik, so viel leichter als in ihrer Kindheit, dass sie es nicht ernst nehmen kann und ständig irgendwo liegen lässt, in den Flur.

«Das ist mal eine Ansage», hört sie Selmas Stimme. «Dann halte ich dich nicht weiter auf. Hat alles Zeit.»

«Ja, ich muss wirklich los», sagt Bettina, während sie unter der Kommode nach ihren roten Loafers fischt. «Aber ich habe eben mit Angelika telefoniert, die macht mir ein bisschen Sorgen. Kannst du sie nicht mal einladen?»

«In diese winzige Butze?»

«Wie früher», gibt Bettina zu bedenken. «Als wir uns alle noch von Zigaretten und Liebe ernährt haben.»

«Okay, ich werde mal überlegen, vielleicht fährt meine Nachbarin ja bald wieder weg, die ist ohnehin mehr bei ihrem Freund in Marseille als hier. Ist es schlimm?»

«Wohnung nicht fertig, keine vernünftige Arbeit in Aussicht, weit und breit kein anständiger Typ, und ich glaube, die Wechseljahre haben auch zugeschlagen.»

«Das ist ja das *ganz* volle Programm. Ich kümmere mich.»

Selma legt das Telefon zurück in die Nachttischschublade. Das Treffen im Collège ist auf den Nachmittag verschoben; es gibt keinen Grund, das Bett zu verlassen, in dem sie gestern bis in die Nacht an ihrem Vortrag gebosselt hat. In ihren Knochen wohnt Müdigkeit; eine köstliche, warme Substanz, die sich ausdehnt, wenn man ihr keinen Widerstand entgegensetzt. Durch das halb geöffnete Fenster dringen die Geräusche der Stadt; weit unten hört sie das körnige Rauschen vorbeifahrender Autos, das kurze, wutlose Hupen der Pariser, einen über die Straße gerufenen Gruß, dazwischen die Unterhaltung einiger Vögel, beiläufig wie ihre Gedanken ... Irgendwo im Haus schlägt eine Tür, eine heisere Frauenstimme schreit etwas Unverständliches, vielleicht die Mutter des kleinen Abdul, der seinen Schlüssel vergessen hat ... sie hat ihm einmal einen Kakao spendiert, als er vor der Haustür wartete, brav auf der Schwelle sitzend, die Hände auf den bronzefarbenen Knien, den bunten, mit Fußballstickern beklebten Ranzen neben sich; dabei, fiel ihr zu spät ein, war

Kuhmilch vielleicht nicht *halal*, jedenfalls nahm er nur einen winzigen Schluck ... Ihrer Brust entringt sich ein Seufzer, aber die Gedanken gleiten weiter, zu einer Erinnerung, die lächeln macht, in jene Dämmerung des Geistes, die man den Schlummer nennt. Eine sanfte Umfangenheit, in der Begehrlichkeiten und Ängste unmerklich in die Ferne ziehen, eine wohlige Tiefe ... Bis, sie weiß nicht wie, das Erwachen beginnt, das Auftauchen in die verlassene Welt, das Räkeln, die mähliche Drehung zurück, bis ihre Hand den Stoff der Decke fühlt, sie das Wasserglas auf dem Nachttisch sieht, mit den winzigen, perlenden Blasen darin, die sich nicht bewegen, auch sie im Schlaf ... Sie streckt ein Bein unter der Decke aus, das zweite, eine Empfindung von Kraft und Müdigkeit zugleich, eine Dehnung, der ihre Kieferknochen folgen, bis die Augen tränen.

Auf dem Nachttisch liegen die Notizen zu ihrem Vortrag, ein Sammelsurium aus Andeutungen und Zitaten, einem fertig gedruckten Beginn und handschriftlichen Ergänzungen; je nach Verfassung ein verheißungsvolles, glitzerndes, nahezu abgeschlossenes Unternehmen – oder ein kümmerlicher Versuch, der sich bei näherer Betrachtung fortwinseln wird. Nach all den Jahren weiß sie, dass diese Unsicherheit dazugehört, dass sie nicht zu trennen ist von jedwedem Aufbruch in eine gedankliche Landschaft, die sich erst durch den Weg erschließt, die erst Gestalt annehmen wird, wenn sie sich hineinbegibt, stur wie ein Muli, immer voraus. Und dass – eine vertiefende Unsicherheit, aus der inzwischen eine Art dunkler Sicherheit geworden ist – die begleitenden Stimmungen keine verbindliche Auskunft geben über den Stand der Dinge. Es hat Texte gegeben, bei deren Verfertigung sie sicher war, die kühnsten Höhen elegant zu erklimmen, und die im Nachhinein nicht standhielten; bei denen sie jedenfalls später bemerkte, wie ihre Hingabe an Formulierungen, die unabweisbar leuchteten, sie selbst und (*tant pis* oder Gott sei Dank) auch andere darüber hinwegtäuschten, dass man unter den gleißenden Bögen im gedanklichen Schlick watete, dass die energiereichen Pointen und überraschenden Setzungen Augenblicksphänomene waren; Leuchtkugeln, in den Himmel geschossen. Und es hat Texte gegeben, deren Entstehen von Mühsal begleitet war, in denen der Geist zu kriechen schien, in denen man schieben und ziehen und zerren musste, um überhaupt vorwärtszukommen, und die niemals fertig geworden wären, gäbe es nicht den Imperativ, dass sie zu einem gesetzten Datum nun einmal zum Vortrag kommen mussten. Aber dann merkte man ihnen die Tortur ihrer Entstehung gar nicht mehr an, nur sie selbst hat noch eine Erinnerung an die Verzweiflung und die unzähligen Zigaretten, die darüber geraucht wurden, an die Verabredungen, die sie absagen musste, an die langen Stunden im Bett, auf der Couch, am Schreibtisch, die sie müde und mürbe machten, bis etwas in der Welt war, das es zuvor nicht gab, eine Ausgrabung in einem Gelände, das vor dieser einsamen Bergmannsarbeit in einem bewusstlosen Dunkel lag.

Mora macht den täglichen Fehler, die halb geöffnete Tür von Benjamins Zimmer nicht einfach zu schließen, bevor sie das Haus verlässt. Sie schlägt die zerwühlte Bettdecke ordentlich zurück und schüttelt das Kissen auf, dann nimmt sie die leere Chipstüte, die auf dem Boden liegt, und greift mit der anderen Hand nach der halb vollen Colaflasche, deren Deckel irgendwohin gerollt ist; danach suchen, beschließt sie, wird sie jedenfalls nicht. Sie weiß, dass das, was sie tut, jeder pädagogischen Klugheit widerspricht; sie sollte sich nicht zum Personal ihrer Kinder machen, vor allem nicht zu dem ihres Sohnes, von dem sie ja wirklich nicht will, dass er ein *Macho* wird. Trotzdem zieht sie die Vorhänge auf und öffnet die Oberlichter, so dass Luft in den Raum strömen kann, in dem es riecht wie in einem Biberbau. Sie hat sich immer für furchtlos gehalten, was Menschen und deren Gefühle betrifft, aber nun bemerkt sie zum ersten Mal an sich eine Scheu, etwas zu ergründen, das offensichtlich konflikthaft ist. Sie tut, was sie tut, nicht heimlich, aber sie würde sich ungern dabei beobachten lassen. Und sie will auch nicht darüber sprechen, sich nicht verteidigen und es nicht analysieren. Es ist eine Art von Weh, auf das sie nicht vorbereitet war. Als Adriana ihre Tage bekam, war sie längst aufgeklärt; sie freute sich, und weil es in Split geschah, konnte ihr die Nonna sogar gratulieren, ein kleines Festmahl bereiten, und sie tranken abends darauf einen süßen Wein. Nichts war peinlich oder gar unangenehm; sie waren in einem familiären Wärmestrom, Teil einer weiblichen Sippe, die Adriana stolz machte, weil sie aus femininer Kraft bestand, aus zahllosen Geschichten von heimlichen Verlobungen, schweren, aber geglückten Geburten, Liebschaften aller Art. Das hier ist etwas anderes. Hier kommt ihr das Wesen abhanden, an das sie mehr gebunden ist als an alles andere auf der Welt, es verschwindet vor ihren Augen in eine dreifache Unerreichbarkeit, beamt sich fort wie dieser Scotty – physisch, psychisch, geistig sowieso.

Natürlich nur eine Farce, dieses Verschwinden, verglichen mit der realen Angst, die sie um ihn haben musste, als er von Fieberkrämpfen geschüttelt wurde und kein Mensch, kein Arzt, keine Schwester, mehr tun konnte, als sie mit Ernst und Ergebenheit anzusehen und das Phänomen zu benennen als das, was es war: ein statistisch seltener Fall, außerdem auf eine Altersphase begrenzt, in dieser aber wirkend mit schrankenloser Willkür, so wie der plötzliche Kindstod; nicht behandelbar, nicht vorhersehbar. Damals hat sie niemanden an ihn herangelassen, auch seinen Vater nicht – im Gegenteil, sie hat ihn angefaucht, er solle sich um Adriana kümmern, und sie hat Sebastian sogar verboten, das Baby zu streicheln oder zu halten, mit dem Argument, jede Berührung tue ihm möglicherweise weh. Was sie natürlich nicht hinderte, die winzige Hand in die ihre zu nehmen, sobald Sebastian das Zimmer verließ; eine kleine, noch immer gepolsterte Kinderhand, ein Seestern, wie es in einem Gedicht von Neruda hieß, dem man schon um dieser Zeile willen eine Menge verzeihen sollte, ihrethalben sogar den Spionagekram. Denn es ist unendlich schwer, Worte zu finden für diese Art von Liebe, die ihr von innen gegen den Brustkorb drückte und sie an den Rand des Erstickens brachte vor Angst, dass dieses dunkle, zartgliedrige Wesen, das nach Kamille, Papier und Getreide duftete, sich perfekt in ihre Hände schmiegte und das mit feinem Ernst lächelte wie ein Jesuskind, dass dieses Wesen verschwinden könnte, irgendwohin, wohin sie ihm nicht folgen konnte. In den Stunden und Nächten an seinem Bett, die in der Erinnerung zusammenschnurrten auf eine millisekundenkurze Szene im *loop* (die sie auch noch von außen sah, als hätte sie all das nur geträumt), wären Zeit und Anlass perfekt gewesen, sich metaphysische Gedanken zu machen, aber sie brachte es nicht fertig – als würde es den Tod einladen, ihm eine Tür öffnen, wenn man auch nur die Ahnung einer Frage zuließ, wie es vielleicht weitergehen würde nach seinem Besuch.

Nein, sie wurde nicht gläubig, aber sie legte auf ihre Weise Gelübde ab, indem sie sich nicht von Bens Seite rührte, indem sie flüsternd alle Gebetsfragmente und kirchlichen Liederzeilen wiederholte, die in zufälliger Folge an die Oberfläche ihres Bewusstseins stiegen wie Plankton aus ihrem Kindheitsmeer. Indem sie nicht rauchte, nicht aß noch trank und nur im Sitzen schlief, ein Kissen auf den Rand seines Kinderbettchens gelegt und nach wie vor seinen Seestern in ihrer Hand. Das allergrößte Opfer war möglicherweise, das Lager nicht mit diesem fiebrigen Wesen zu teilen, das erst seit einem Jahr Konturen hatte, die nicht in ihrem Leib versteckt waren. Mit Nachdruck hatte der Arzt erklärt, es sei nicht gut für den sich selbst überhitzenden Organismus, wenn sie ihm zu nahe rückte mit ihrer Körperwärme und Nervosität; auch müsse jegliches Gewicht auf dem leichten Körper verhindert werden, und sei es nur eine Hand, die sich im Schlaf möglicherweise auf ihn legte. Sie hat also darauf verzichtet, ihren Sohn in die Arme zu nehmen, ihre Konturen wieder zu verschmelzen, das war der höchste Tribut an den dramatischen Ernst der Lage, doch sie hat nicht darauf verzichtet, mit ihm an einer Stelle physisch verbunden zu bleiben, mit einer Nabelschnur aus körperlicher und seelischer Verbundenheit, die es dem Tod unmöglich machen sollte, ihn von ihr fortzureißen.

Ihr eigener Vater ging damals allein hinüber, wie man so hilflos wie vage sagt, und sie wusste, was sie tat, als sie ihn in den letzten Stunden, anders als ihre Mutter, nicht mehr in einem fort berührte, ihn nicht mehr an sich band. Und es überraschte sie nicht, dass er die wenigen Minuten nutzte, in denen sie im Morgengrauen die Toilette aufsuchte, das Gesicht mit kaltem Wasser erfrischte, einen Kaffee aus dem Automaten zog, eine Zigarette dazu auf dem Parkplatz rauchte: Er hatte die Zeit genutzt, um sein vom Schmerz verkniffenes, walnussartiges Gesicht auseinanderzufalten, seine Handflächen, gemustert von den Hieroglyphen jahrzehntelanger Arbeit in den Weinbergen Dalmatiens, geöffnet auf der ausgewaschenen Bettdecke abzulegen und seinen letzten Atemzug zu tun; er hatte sich selber vom Ufer losgemacht, mit einem leichten Stoß, und war, geborgen wie in seinem selbst gezimmerten Boot, das kaum größer als sein ausgestreckter Körper war, ins Offene getrieben.

Sie schiebt sich mit Chipstüte und Colaflasche durch die halb geöffnete Tür und bringt beides in die Küche, stopft die Tüte in den kleinen Behälter mit Plastikmüll. Dann geht sie noch einmal zurück, vorbei an der Garderobe, wo derzeit nur ihr brauner Kaschmirmantel, das schwarze Regencape und Sebastians Wildlederjacke hängen, die sie im vorletzten Herbst ermäßigt von Loden Frey mitgebracht hat. Damals kaufte sie nur reduzierte Sachen, weil Adriana so unsicher war, was sie mit sich anfangen sollte nach dem Abitur, dass ihre Eltern gewissermaßen aufs Nichts hin sparten, in jene adoleszente Blase aus Ungewissheit und Überforderung hinein, die ihr selbst aus Mangel an Möglichkeiten erspart geblieben war. Erwachsensein hieß Studium, und Studium hieß Zagreb, so einfach konnte das Leben sein, und es war süß; es schmeckte nach Kräuterlimonade, nach qualmendem, ein bisschen muffigem Gras, nach moldawischem Wein und der pelzigen, in ihrem Gaumen schwellenden Zunge von Zoran, wann immer sie außer Sichtweite anderer Leute waren.

Sie nimmt die siebzehn Stufen der Wendeltreppe, die ihr immer zu eng gewesen ist, um die Tür von Bens Zimmer zu schließen – was das, was sie da erledigt hat, endgültig zu einer Art von Hotelservice macht, einer diskreten Handreichung, als trüge sie ein weißes Schürzchen und sei auf seine Privatsphäre bedacht. Dabei ist das Gegenteil der Fall; jedenfalls sucht sie nach einer Möglichkeit, ihre Scham, den hockenden Schmerz und ihre unbedingten pädagogischen Überzeugungen miteinander zu versöhnen, und einstweilen fällt ihr offenbar nichts Besseres ein, als das Zimmermädchen ihres Sohnes zu spielen und sich dabei zu vergewissern, dass er noch nichts zu verheimlichen hat. Dabei ahnt sie, dass es sich hier um eine Sisyphos-Aufgabe handelt; es lässt sich schließlich nicht nachweisen, dass etwas nicht existiert; nicht einmal Gott. «Zeigen Sie mir, dass kein rosa Nilpferd im Raum ist», so hatte Crósic das Seminar Erkenntnistheorie begonnen, und obwohl das Licht so klar war, dass man den Staub in winzigen Partikeln durch die Luft vagabundieren sah, konnte niemand von ihnen eine logische Kette knüpfen, die der Professor akzeptierte. Die Tatsache, dass sie heute nichts fand (und was sollte das sein – Drogen, ein Pornoheft, ein klebriges Taschentuch? –), beweist nicht, dass sie morgen nichts finden wird; es beweist nicht einmal, dass sie gestern nichts übersehen hat.

Als sie bei *La prima classe* eintrifft, hat Daniela gerade das elektrische Gitter hochgefahren; sie ist spät dran, aber ihre blond gesträhnte Untadeligkeit wirkt entspannt wie immer.

«Ich lasse dir dreihundert Euro Wechselgeld da», sagt sie nach einem Hauch links und rechts auf Moras Wangen, «es ist herrliches Wetter angesagt, vielleicht rauscht es hier noch von Damen, denen für den Comer See das richtige Outfit fehlt.»

Daniela greift nach ihrer Handtasche, ein großes, kubisches Modell aus Kalbsleder mit einer zartrosa Färbung der Henkel an den Innenseiten, von Longchamps aus dem letzten Jahr; Mora hat gelernt, auf solche Dinge zu achten.

«Ich bin um vier wieder da. Wir haben zwei wunderbare Missonis bekommen, ich habe sie gerade bepreist, hängen noch hinten, vielleicht drapierst du sie ins Fenster, du weißt schon, mit Hut und Schmuck oder den neuen Wildlederstiefeln, du machst das immer so gut –»

Und schon ist sie hinaus, verschwindet mit einer großen Tüte für die Reinigung in ihrem schwarzen Mini, für den sie einen Parkplatz direkt vor dem Schaufenster ergattert hat. Mora geht in den winzigen, vollgestopften Lagerraum und nimmt die beiden Missonis vom Haken, filigrane Wunderwerke aus buntem Garn, beide achtunddreißig, das ist eine Größe, die sich hier in Schwabing bestens verkaufen lässt, und die Farben – Elfenbein, Türkis, Kirschrot und ein starkes Apricot – werden die leicht gebräunten, gut definierten Arme und Beine der Klientel von *La prima classe* zum Leuchten bringen wie die Gesichter ihrer Käuferinnen.

Sie kleidet die beiden Puppen im Fenster ab – ein weißes Chanel-Kostüm, das schon zu lange da ist, und ein Seidenkleid von Ferragamo, das ohnehin zu dramatisch erscheint für diesen federleichten Tag – und drapiert Missoni, tauscht die Schuhe auf der Empore aus (Louboutins weg, silberne Sandaletten und bestrasste Flip-Flops hin) und geht auf den Bürgersteig, um die Wirkung zu betrachten. Aus dem *La Strada* winkt Massimo ihr zu.

«Caffè, Signora Mora?»

Sie überquert die Straße und stellt sich so an den Tresen, dass sie die Ladentür im Auge behalten kann. Sie spürt sein werbendes Lächeln mehr, als sie es sieht, das lockende Spiel, das zwischen ihnen hin und her geht, seit sie bei Daniela arbeitet. Drei Jahre, zu lang für eine Anbahnung, aber auch für einen Flirt, den man bei Nichterfolg zu den Akten legt, so, wie es die Deutschen machen, womit aus der Verzauberung eine Beleidigung wird; etwas Plumpes, wofür man sich schämt. Für die Gäste ist er Italiener, aber er ist Adriate, wie sie – ein Küstenbewohner. Die langen Abende am Strand, das Licht flüssig in allen Farben, der Horizont eine Bühne für alles Lebendige, das da spielt und stolziert und plaudert, das Kinder und Hunde so umfasst wie die gebrechlichen Damen, die auf den Bänken sitzen, die Geschäftsfrauen mit ihrem Aperitivo, die streunenden jugendlichen Gruppen, die alten Männer, die paarweise, die Hände auf dem Rücken verschränkt, die Promenade auf und ab flanieren, scheinbar in gewichtige Gespräche vertieft (und dann geht es doch nur um den Preis für die fangfrischen Garnelen oder die Qualität der Oliven in diesem Jahr) ... An einem Strand macht man keine Revolution, das wurde ihr klar, als überall sonst im Land die Demonstranten gegen Sozialabbau marschierten, gegen die neuen, reaktionären Erlasse, gegen Geschichtsvergessenheit. Split blieb das alte Panorama der Heiterkeit, das selbstverständliche und doch stets wache, rege Vergnügen an Sonne und Brise, an der Gesellschaft immer derselben in wechselnden Formationen; kleinstädtisch, ohne jemals eng zu sein, denn vor aller Augen lag die glitzernde Weite, das Meer, die mediterrane Ewigkeit.

Er schiebt ihr die Zuckerdose hin, den Klassiker aus Metall mit dem langen, flachen Löffel, der bei ihnen zu Hause in der hintersten Ecke Staub ansetzt. Sie schüttelt den Kopf und lächelt, wie immer. Sein Set von Gesten, das ihre, die kleine Aufführung, in der sie sich bewegen, ohne sich zu berühren und ohne sie je zu beenden. Eine Art von Intimität, für die es kein Zeugnis gibt. Wenn noch heute ein Auto sie überführe, er würde es nur zufällig erfahren – und selbst wenn, gäbe es niemanden auf der Beerdigung, mit dem er ein sinnvolles Wort sprechen könnte. In der Trauerrede auf ihr Leben wäre er subsumiert unter die zahllosen Leute, die man eben kennt, vom Zahnarzt bis zur Kioskverkäuferin, und niemand, vermutlich nicht einmal er selbst, würde je eine Idee davon haben, was er ihr bedeutete; durch seine physische Gesellschaft, durch all das, was sie nicht von ihm wusste.

Sie sieht eine Frau in mittleren Jahren unschlüssig vor dem Schaufenster stehen. Trenchcoat, schwarze Hose, herausgewachsener Bob. Sie trinkt den Espresso aus, berührt ganz leicht das frisch gebügelte Hemd über Massimos Unterarm, tauscht einen Blick und ein Lächeln mit ihm, dann geht sie über die Straße.

«Ich bin drin, falls ich Ihnen irgendwie helfen kann», sagt sie, bevor sie die Ladentür öffnet, und tatsächlich kommt die Frau ihr nach und spricht sofort den Standardsatz der Unsicheren, aber auch der Verwöhnten: «Ich schaue mich nur mal um.» Allerdings legt sie ihre Beuteltasche gleich auf den Versacesessel, was ein klares, wenn auch unbewusstes Signal dafür ist, dass sie sich aufs Hoffen eingestellt hat.

«Wenn Sie etwas wissen wollen oder ich etwas für Sie aus dem Fenster nehmen soll, sprechen Sie mich gern an.»

Mora stellt sich neben die Kasse und checkt am Handy einmal alle Kanäle durch. Als wären ihre Kinder noch immer in der Obhut von Erzieherinnen und Babysittern, als wäre jederzeit zu befürchten, dass ein Anruf wegen Kopfläusen oder eines Sturzes mit Platzwunde sie abberufen könnte vom Ort ihres Aufenthalts. Es ist nichts da. Nichts auf der Mailbox, keine Textnachricht, nicht einmal ein Anruf, seit sie mit Sebastian gesprochen hat. Keine Dringlichkeit, die gebieterisch aufheben könnte, worum es gerade geht: Mora in ihrem Job, bei dem es vor allem darauf ankommt, *wie* sie anwesend ist – ohne fordernd zu sein, eine Art stimulierender Präsenz als schönes Beispiel dafür, wie Kleider Leute machen. (Obwohl sie natürlich weiß, dass es sich umgekehrt verhält. Auch die Kundinnen wissen das, sie vergessen es nur.)

Sie ist nun schon jahrelang so frei, einfach hier an diesem Platz zu sein, ungeteilt in ihrer Aufmerksamkeit, auch im Überdruss, in der Langeweile. Doch es gelingt ihr nicht mehr. Es ist verschwunden, dieses Vermögen, von dem sie nicht einmal wusste, bis zu seinem Verlust. Denn man erkannte es erst, wenn man sich daran erinnern konnte; wenn es verloren, aber noch im Gedächtnis war, so unauffällig wie köstlich – wie die Gesundheit selbst für die Unversehrten. Wie das Atmenkönnen, wie Schlaf. Und es *war* ja nichts anderes als Gesundheit, deren seelisch-geistige Form: an nur einem Ort und in nur einer Zeit zu sein, in diesem *Hier* und *Jetzt*, dem Material aller Erfahrung und aller möglichen Erinnerung.

Vielleicht hat sie diesen Job angenommen, weil hier so wenig von ihr erwartet wird, dass sie den Modus des Geteilt-Seins, den Modus aller jungen Mütter, hier fortsetzen kann. Gesucht hat sie ihn nicht. Auf dem runden

Geburtstag eines Kollegen von Sebastian, in der Schlange am Nachtischbuffet, sprach diese sehr gelassene Frau sie an, ein *role model* für jene Perfektion, die sich nur durch unendlich viel Arbeit erreichen lässt, durch eine Kette von Terminen bei Haar- und Nagelstylisten, Kosmetikerinnen, in Thermomassagesalons und anderen Etablissements, von denen Mora kaum mehr als die Bezeichnung wusste. Mit sicherem Blick hatte Daniela sie damals ausgemacht, sie gewissermaßen *erkannt*: weil Moras Aussehen eine stimulierende Unerreichbarkeit für die meisten Frauen ist, die keinen Neid erweckt. Sie ist androgyn, ohne näher bestimmbares Alter; sie hat ein ernstes, beinahe dramatisches Profil und einen geschwungenen Mund; die Haut ist voller Sommersprossen, die das Herbe ihrer Erscheinung mildern; sie trägt ihr welliges Haar ohne erkennbare Frisur. Abkömmling einer Welt, in der Schönheit etwas Natürliches ist; ein stilles Geschenk der Götter an die armselige Rasse der Menschen, die mit Leberflecken und Warzen, mit Falten und Runzeln und welkendem Fleisch geschlagen ist.

Die Kundin nimmt ein Tuch von Versace von dem kleinen Stapel auf der Vitrine mit Modeschmuck, mit perlenbestickten Täschchen, Schlüsselanhängern und kostbaren Handyhüllen. Sie legt es sich um, schaut in den Spiegel neben der Umkleidenische und seufzt.

«Was meinen Sie?»

Mora weiß sofort, was sie meint, macht sich aber die Mühe, sich neben die Frau zu stellen, in dasselbe Licht, und eine Sekunde des Überlegens zu markieren.

«Ein schönes Stück. Aber für Sie könnte ich mir etwas Zarteres denken.»

Ihre erste Lektion bei Daniela: immer positiv formulieren. Nicht etwa: Sie sehen damit noch massiver aus, als Sie schon sind.

«Sie haben recht», sagt die Frau, nimmt den Schal sofort ab und versucht unbeholfen, die geschmeidige, wie flüssige Seide wieder auf die Größe eines Briefumschlages zu falten.

«Lassen Sie nur, ich mache das später. Es gibt hier» – Mora nimmt es geschickt aus dem Stapel – «ein Tuch von Dior, das könnte das Richtige sein».

Zweite Lektion: immer die Marken nennen. Ein Code für sich, der das Selbstwertgefühl der Kundinnen hebt. Sie breitet das duftige, gewirkte Quadrat aus Wolle und Seide in der Luft aus, so dass es in Wellen erzittert und sein winziges Muster in Bewegung gerät. «Das hat klare Farben, so wie es für Sie passt, aber es wirkt nicht schwer.»

Die Frau legt es um und lächelt sofort. Sogar mit ihrem Trenchcoat und ihren praktischen Schuhen sieht sie nun aus wie ein Mensch, der bereit ist für etwas Festliches, das ihm bald widerfahren wird. Sie zupft ein bisschen daran herum, nimmt es ab, schaut auf den Preis und legt es auf die Theke neben die Kasse.

«Das nehme ich auf jeden Fall. – Und jetzt gucke ich doch mal bei Ihren Kleidern.»

«Für Sie finden Sie alles an dieser Wand», sagt Mora, «wir haben die italienischen und französischen Größen gleich angepasst sortiert. Denken Sie an etwas für jeden Tag, oder geht es um etwas Besonderes?»

«Ach, ich weiß nicht, mir hat dieses Tuch so gut gefallen, vielleicht finde ich ja noch was dazu ...»

Sie will jetzt keine Beratung; sie will nun, von Dior gestärkt, eine Entdeckung machen, die sie an die Frau erinnert, gegen die sie sich jeden Morgen vor ihrem Schrank entscheidet. Bestimmt die Hälfte aller Kundinnen, dahin geht Moras Schätzung, kauft Sachen, die sie vermutlich nie tragen wird. Ein Kleiderschrank voller Konjunktive, für Szenen, die in der Phantasie existieren und deren glamouröse Requisiten sie in Läden wie diesen wieder verkaufen. Mit einem umso höheren Anspruch an den Ertrag, als das handbestickte Top, das Seidenkleid mit der gerafften Taille, die schwarze Robe mit dem sündhaften Ausschnitt das Leben doch nicht verändert haben.

Für den Nachmittag bestimmt Daniela Prosecco, der in einem Silberkübel auf dem kleinen Tisch neben dem Versacesessel bereitstehen soll. «Dann schauen Sie mal in Ruhe», sagt Mora und geht ins Hinterzimmer, um den winzigen Kühlschrank zu inspizieren. Sie nimmt drei Flaschen aus dem Karton und füllt die beiden Eisbehälter nach; in dem einen sind nur noch drei Würfel, die sie in das Spülbecken schlägt, bevor sie frisches Wasser in die Vertiefungen laufen lässt. Das Tiefkühlfach müsste dringend abgetaut werden; die Krusten knirschen, als sie die Metallbehälter in den kristallüberwucherten Hohlraum drückt.

Als sie zurückkommt, ist die Frau nicht mehr da. Mit einem Blick erfasst Mora, dass der gesamte Stapel mit den Seidentüchern fehlt. Ihr Herz macht einen kleinen Sprung, dann springt sie selbst zur Tür, schließt ab, läuft zur Straßenecke nach rechts, schaut sich um, läuft wieder zurück, bis zur Hohenzollernstraße, wo auch keine Frau im Trenchcoat mit praktischem Kurzhaarschnitt und einer großen Tasche eilig ihrer Wege geht. Ihr Atem stockt, sie spürt eine Fontäne von Zorn aufsteigen, vielleicht auch von Angst; nun ist es also passiert. Sie wird für den Schaden aufkommen müssen, schließlich hat sie die Frau allein gelassen, wovor Daniela sie gewarnt hat, gleich am ersten Tag. Ich würde mich auch gern auf meine Menschenkenntnis verlassen, auf meine Erfahrung, so in etwa hatte sie sich ausgedrückt, aber ich habe gelernt, dass das ein Fehler ist. Bei der Beratung ist das unser Kapital, Psychologie und Intuition, aber wenn es darum geht, eine Ladendiebin zu erkennen, hilft das leider nicht weiter. Manche machen ein kleines Business daraus, andere wollen womöglich wirklich nur dieses eine Stück, das sie sich nicht leisten können – und wieder andere entschädigen sich für wer weiß was in ihrem Leben, indem sie bei uns was klauen und dann für Oxfam spenden. Da habe ich jedenfalls mal ein Strandkleidchen aus dem Laden hängen sehen, als ich ein paar Sachen abgegeben habe. Ein Teil von Liebeskind, aus der Saison, stell dir das vor –.

Sie geht langsam zurück, vorbei an den so überaus gepflegten Gründerzeithäusern, sieht Massimo allein an der Theke, erwidert seinen Blick, öffnet die Tür. Ich brauche eine Grappa, sagt sie, ich hatte eben meine erste Ladendiebin.

ZWEI TAGE IM SOMMER

Huberta Kupfer 5.6.2014, 05:44
An: kupfer.s@aol.com; bmelker@yahoo.de;
cc: moracosta@privia.com

Betreff: der Oktober, der wird
Dear all, ich hatte ja schon geschrieben, dass ich Überraschungen im Familienkreis nicht schätze. Nach meiner Kenntnis ist Vater viel zu Hause, aber was, wenn er sich gerade an diesem Tag etwas vorgenommen hat? Das müsste jemand klären. Geschenk: Wenn wir ihn zum Abendessen einladen, weiß denn jemand ein Restaurant in erreichbarer Nähe (kein Chinese, kein Grieche oder Japaner)? Davon abgesehen fällt mir nicht viel ein, außer vielleicht die Kohl-Biografie von Schwarz, die er, glaube ich, noch nicht kennt, oder dieser Piketty über das Kapital. Übernachtung organisiert ja jeder selbst; ich habe eine alte Freundin in Minden, da würde ich wahrscheinlich absteigen, schon wegen Lizzy.
Grüße von H.

Huberta schließt das Mailprogramm, woraufhin der Bildschirmschoner mit der Frühsommerwiese wieder erscheint. Heute morgen ist sie nicht überzeugt, dass dieses Foto sich über die Jahre dekontaminiert. Darauf hatte sie gesetzt, dass es seine giftige Wirkung verlöre, wie eine Flasche Wein, die man verkocht, den Alkohol verdunstet. Übrig bleiben sollte die Erinnerung an eine gute, physische Erschöpfung, an eine Empfindlichkeit der Haut, als hätten alle Poren sich vervielfacht, an die kühle Frische des Windes, wie Milch, die in einer Blechkanne in einem Kellerabgang aus Stein über Nacht gestanden hat, und an die steile Junisonne, die ihnen auf das Gesicht schien, die bloßen Beine und Arme. Auch an das schmelzende Gefühl in ihrer Vagina natürlich, dazu ein leichtes Britzeln, eine Schwellung, die vielleicht nicht messbar war, sich aber riesig anfühlte, ein echter Venushügel in ihren hellbraunen Hosen, die ihre Knie freiließen, locker aneinander gelehnt. Nicht im Bild: Louisas angespanntes Profil, ihre zitternden Wimpern, der stoßweise Atem mit Unterbrechungen. Der Schimmer um ihren Mund, auf ihrer Stirn, in ihrer Halsgrube, ihr Geruch nach verschwitzter Baumwolle und Patchouli. Ihr drahtiges, kurz geschnittenes Haar, dunkel und fest wie eine Fußmatte; sie hatte das nicht denken wollen, aber so war es, als sie sich das erste Mal sahen, und dabei war es geblieben; umso präsenter, als sie diese Assoziation wegschieben wollte. Immerhin war dann sie die Matte gewesen.

Lizzy gibt einen seufzenden Laut von sich, ihre Augäpfel bewegen sich hinter den geschlossenen Lidern wild hin und her. Seit ein paar Wochen, wenn nicht sogar Monaten, scheint ihr Schlaf keine Erholung, sondern eine Quälerei zu sein; sie ist benommen, wenn sie aufwacht, und weiß minutenlang nicht, wo sie ist. Ihr Blick – der Trost, der darin lag, in ihrer Aufgewecktheit, ihrer Aufmerksamkeit (Rettung, millionenfach) – ist dann starr und in sich gekehrt, und sie bewegt sich so vorsichtig, als könne sie weder sehen noch hören.

Ein Termin bei Ulrike würde mindestens vierzig Steine kosten, wahrscheinlich mehr, die Medizin nicht einmal gerechnet, die bestimmt nötig ist. Am Samstag ist Arazous Geburtstag im Gemeindehaus; sie hat ihre Beteiligung am Geschenk schon einkalkuliert, aber nicht zugesagt.

Es gibt da noch dieses Stück indischer Seide, unten in der Kommode, das Louisa ihr aus Sri Lanka mitgebracht hat, irgendwas Spirituelles, türkisblau und mit Goldfäden durchwirkt; so schwer und steif, dass man es nicht als Schal tragen kann. Sie könnte es zurechtschneiden und an den Rändern vernähen und mit dem Spruch auf der Postkarte besticken, die im Küchenregal an der Seitenwand lehnt: «Life is a circle. If you are going through hard times, good times are on the way.» Das passt für jede Religion und auch für die Nichtreligiösen, Arazou kann es sich an die Wand hängen oder als kleine Tischdecke benutzen. Und sie hätte einen Zehner gespart.

Jetzt der vierte Tag., tippt sie. *Die Abende waren schwierig. Ich müsste das setting wechseln, am besten wäre eine neue Couch. An diesem einen Platz hockt das ganze Elend. Es ist dunkelgrün und fleckig, außerdem sind ein paar Brandlöcher drin. Auch eine Art Tagebuch.*

Sie greift nach dem abgenutzten, braunen Lederetui, aus dem Krümel rieseln, als sie es öffnet. Der Tabak ist trocken, eine wollige Insel. Die Zweite; sie steht auf und macht mit dem verkordelten Stift einen Strich auf den Block, der neben dem Kühlschrank hängt. Ein dicker Nagel, der schief aus der Wand kommt, in einer Nacht eingeschlagen, als das dritte Glas, wie üblich, sie für neue Vorsätze stark machte. Das erste eine plötzliche, heitere Euphorie, die vom Kopf in den Körper rieselt, das zweite eine traumselige Verstärkung, die alle Bedenken von sich weist, das dritte ein Aktivitätsgenerator, der pfeilgerade und optimistisch in die Zukunft zeigt, immer ein «von nun an!» mit sich führend. Dann, danach weiß sie nicht mehr, wohin mit sich. Zu viel Energie. Sie ist vernünftig genug, sich nicht mehr ins Auto zu setzen. Einmal hat sie den Kühlschrank ausgeräumt und ihn geputzt, dabei ist die Butterdose aus Porzellan mit dem Streublumenmuster auf den Fliesen zerschellt, hat ihr einen stark blutenden Fuß beschert und schließlich eine Narbe im linken Ballen. Das fließende Rot, lautlos und schnell, hatte sie mit einer Andacht erfüllt, die sich schneller in ihr ausbreitete als das Blut auf dem Küchenboden; minutenlang erschien es ihr frevelhaft, diese Szene zu stören, ihr Auge die Kamera: das fingerhafte Muster, ein Miró in Bewegung.

Einmal ist sie die ganze Strecke zur Tanke gelaufen, durch einen wild bewegten Himmel voller Regen und Wind und Widerstand, in ihrer blauen Wanderjacke und Lizzy voraus, das war gut. An der Ausfallstraße entlang, über Minuten kein Auto, nur die riesigen, brummenden Leuchten in Abständen von etwa dreihundert Schritt; vorbei an der «Kleinen Einkehr» (geschlossen seit einem Jahr), vorbei an der alten Kaserne und über die Weide von Dederichs, durch Erdbrocken und Matsch, der sich unter den Stiefeln quetschte und schmatzte. Zwei Flaschen Chianti, ein Riesling für alle Fälle. Der Kleine von Monika hatte Nachtschicht; rothaarig, schüchtern und unbeholfen, wie Sebastian damals. Vielleicht hat sie sich deshalb bemüßigt gefühlt zu sagen: «Später Besuch», als sie die drei Flaschen neben die Kasse stellte. Eine Art von Scham, aber folgenlos. Er hatte es nicht gehört oder es interessierte ihn nicht, jedenfalls sagte er nichts dazu; vielleicht war ihre Aussprache ja auch schon verwaschen gewesen. Oder er hatte sie nicht erkannt, unter der Kapuze. Lizzy war draußen geblieben, neben dem Zeitungsständer und den Boxen mit Motoröl, stumm und kameradschaftlich. Das Klackern der Flaschen im Rucksack, auf dem langen Weg zurück, Zwischenhalt an der Bushaltestelle, wo sie sich auf der Bank eine Zigarette drehte; zu ihren Füßen ein paar ausgetretene Kippen, und der Mond so nah, dass sie seine Gebirge sehen konnte. Das Gewicht auf dem Rücken, das sie fester machte und stärker und ihre Hände noch tiefer in die Anoraktaschen schob. Das Abendlied von Matthias Claudius, das ihren Schritten den Rhythmus gab, und sie war zu Hause in dieser Welt.

«‹Das müsste jemand klären›», sagt Bettina gereizt, während sie einen Löffel Honig in ihrer Tasse verrührt. «‹Das müsste jemand klären.› Wie verstehst du das denn?»

Johannes nimmt sich das Honigglas und stellt es vorsorglich neben seinen Teller, auf dem eine gebutterte Toastscheibe liegt.

«Kontext?»

Bettina schiebt ihm ihren Laptop hinüber.

Johannes liest mit leicht gekräuselter Stirn, die rechte Hand in der Tasche seines hellgrauen Frotteebademantels, der an den Ellenbogen fast durchscheinend ist. Sobald er es mit einem Text zu tun hat, entspannt er sich, zugleich ist seine Neugier geweckt. Ich hätte ihm früher, denkt Bettina an diesem sonnigen Morgen im Juni, während der Küchenvorhang, gebrochenes Weiß und vertikale Strukturen, in einer städtischen Brise erzittert, ich hätte ihm viel früher einfach alles als eine Erzählung präsentieren sollen.

«‹Nach meiner Kenntnis ist Vater viel zu Hause, aber was, wenn er sich gerade an diesem Tag etwas vorgenommen hat.› Weißt du, wie oft sie ihn sieht? Oder mit ihm spricht?»

«Manchmal, wenn wir telefonieren, erwähnt er sie. Warte mal – – im Mai, als es so heiß war, hat er gesagt, dass er den großen Ventilator aus seinem alten Büro für sie geputzt und in die Garage gestellt hat. Da müssen sie also, zum Beispiel, gesprochen haben.»

«Hat sie denn ein Auto, um ihn abzuholen?»

«Der blaue Käfer –»

«– wäre jetzt knapp dreißig Jahre alt.»

Bettina steht auf, schneidet zwei Weißbrotscheiben am Küchenblock und lässt sie in den Toaster fallen.

«Ich kann mir Huba», sagt sie, «gar nicht ohne Auto vorstellen. Wie soll sie das sonst auch machen, da auf dem Land?»

«Es gibt Fahrgemeinschaften.»

«Es gibt auch Leute, die führen ein Haushaltsbuch. Aber doch nicht Huba!»

«Die Frau, die ich auf deinem fünfzigsten Geburtstag habe in der Ecke sitzen sehen, kann ich mir gut ohne Auto vorstellen. Auch ohne Freunde übrigens.»

«Du bist brutal. Sie hat lange mit Sophie geredet.»

«Und worüber? Dass sie kein gutes Gras bekommt, da unten in Hessen. Und dass die Krankenkasse keine entspiegelten Gläser bezahlt.»

«Nur weil du dir nicht vorstellen kannst, wie es ist, wenn dreißig oder hundert Euro einen echten Unterschied machen –»

Hinter ihr federn die Brotscheiben hoch, sie dreht sich herum und fingert sie raus; sie sind schwarz an den Rändern und zu heiß an den Fingerspitzen.

«Du kannst dir das auch nicht vorstellen. Lass mal die

Soli-Linke beiseite, Bettina. Ich maße mir ja gar nicht an, deine Schwester zu kennen. Aber vielleicht sehe ich deshalb mehr von ihr, wenn sie einen Abend lang bei Tommaseo vor allem draußen steht und raucht und irgendwann nicht mehr gerade gehen kann.»

«Ich glaube, sie war verunsichert. Die meisten Leute kannte sie nicht.»

«Zu mir hat sie am nächsten Mittag gesagt, sie hätte niemanden kennengelernt, der einen Bezug zum normalen Leben hat.»

«Was sollte das denn heißen?»

«Der eine Lokalzeitung liest, zum Beispiel. Oder einen Dichtungsring auswechseln kann. Oder weiß, dass man aus verbranntem Toast ein Gericht namens Arme Ritter machen kann.»

«Ich esse die schon, keine Angst. Also, du fandest sie arrogant?»

«Eher abwehrend. Oder eng. Wer bestimmte Kriterien nicht erfüllt, der kommt schon gar nicht infrage. Wollte sie nicht mal Ethnologin werden?»

«Das waren nur ein paar Semester. Und in den meisten Forschungsgebieten war es ihr zu heiß.»

«Weltoffenheit sieht jedenfalls anders aus. Aber du wolltest ja auch nur wissen, wie man ihre Bemerkung verstehen soll. Ich würde sagen, sie meint: Das ist nicht meine Idee, dieser Überraschungsbesuch, ich glaube auch nicht an Inszenierungen dieser Art, also lehne ich jede Verantwortung für das Gelingen ab und trage auch nichts dazu bei.»

Am Abend dieses Tages sitzen Mora und Sebastian am Küchentisch; es gibt Pfisterbrot, grünen Salat und Käse. Adriana ist bei einer Freundin, Benjamin hilft als Linienrichter bei einem Fußballspiel der Schulmannschaft aus. «Irgendwie cool, wie die Kleinen sich anstrengen», hat er mit schiefem Lächeln gesagt, so als wären der Ehrgeiz und das Gewinnen-Wollen fremde, staubige Herzogtümer, die er längst verlassen hat. Mora, in deren Jugend Mannschaftssport nichts von Bedeutung war, würde gern einen Anhaltspunkt haben, ob diese weltmüde Attitüde altersgerecht oder womöglich besorgniserregend ist.

«Wie war das bei dir, erinnerst du dich?»

Sebastian legt sofort das Messer aus der Hand. Nach wie vor kann er nicht zwei Dinge gleichzeitig tun, und jetzt will er ihr antworten.

«Ich könnte das nur aus Beobachtung sagen, ich war ja nie in einer Mannschaft. Huberta hat Handball gespielt, ich glaube, bis zum Abitur, und Bettina ging hin und wieder zum Tischtennis, das war aber wohl nichts Ernstes …»

«Bei Jungen ist das vielleicht anders.»

Er könnte monieren, dass ihn diese Bemerkung vor eine ungemütliche Alternative stellt. Doch will er weder beweisen, dass er ein zurechnungsfähiger Junge war, noch möchte er ihre adriatischen Maßstäbe infrage stellen. Auch weiß er aus Erfahrung, dass Besorgnis für sie eine Ausdrucksform der Liebe ist. Also setzt er, anstatt etwas zu sagen, die Butterdose vor seinen Teller. Für einen Moment zieht eine Filmszene an seinem inneren Auge vorbei, in der Lena aus einem Stuhl aufsteht, ihr Gesicht in seinen Nacken legt, auf seinen Haaransatz bläst und etwas Unverständliches murmelt; es gab also ein Missverständnis, das jetzt ausgeräumt wird, spielerisch, wie es sich gehört.

«Huberta hat ja noch einmal geschrieben», sagt er, während Mora ihr belegtes Brot in kleine Stückchen schneidet, die sie sich nach und nach in den Mund schieben wird, «hat sie dich in cc gesetzt?»

«Hat sie», sagt Mora, «aber ich habe mich nicht besonders angesprochen gefühlt. Außerdem kann ich nichts Weltbewegendes in der Frage erkennen, ob ein Überraschungsbesuch eine gute Idee oder vielleicht sogar ein Frevel ist.»

«Ich weiß, wir sind kompliziert», sagt Sebastian. Er fühlt sich friedfertig und ausgelaugt, auch hat die unerwartete Filmszene im Kopf ihn ein wenig erschreckt. Gewissermaßen mit eingezogenem Herzen sitzt er auf seinem Platz am Kopfende des Tisches, der für sie beide allein zu groß scheint, ohne Zeitung an diesem stillen Abend.

«So kann man das natürlich sehen», sagt Mora und lässt eine Pause entstehen, die Wirkung haben soll; das ist ihm bewusst, aber er sucht noch nach einem Anhaltspunkt, als sie schon nachsetzt: «Seit ich euch kenne, geht ihr umeinander herum, alles wird zwei-, dreimal überlegt, bevor man es tut, als könnte irgendwas kaputtgehen, wenn man eine falsche Bewegung macht.»

Er versteht, was sie ihm sagen will, aber ihre Betrachtung ist ihm fremd. Für sie ist die Art der Kupfers, miteinander umzugehen, seine Geschwister und er, sein Vater und seine Mutter, als sie noch lebte, ein Phänomen, das sie ohne Sympathie betrachtet, wie vielleicht einen Dokumentarfilm über das Familienleben der Biber. Er glaubt, dass es eine sehr bürgerliche Art des Umgangs ist, etwas Wohlerzogenes, mit dem man die anderen, die man sich nicht ausgesucht hat, auf Abstand hält. Womöglich eine Kulturform, die sich vergangenen Epochen verdankt, als es noch darum ging, ein gemeinsames Erbe nicht zu gefährden, als schon den Enkeln beigebracht werden musste, die Firma Familie nicht durch Konflikte in eine Unruhe zu bringen, die für die Zukunft zerstörerisch werden könnte. Ihn erinnert Moras radikales und frageloses Verständnis von Nähe an die einzige proletarische Herde, mit der er jemals in Berührung gekommen ist. Das war in seiner Schulzeit, bei dem gedrungenen Jochen, der in der viel zu kleinen, stickigen Wohnung mit Geschwistern, Eltern und Oma Kuchen in großen Mengen vertilgte, Limonade trank und Karten spielte, lautstark stritt und scherzte, unentwegt in burschikoser, weltvergessener Tuch- und Fleischfühlung. Er mochte das, wie er sich erinnert, aber als Gast: die unaufhörlichen Geräusche vom Kühlschrank und von der Therme, die knarzenden Dielen; die Wände so dünn, dass man im Wohnzimmer die Toilettenspülung hörte. Er mochte auch die Wutanfälle der Mutter, in denen sie Tornister und Schuhe in den Flur pfefferte, weil sie ihr im Wege waren; sie kam ihm belastbarer vor als die eigene Mutter, wie überhaupt, denkt er nun, ihm alle Beziehungen belastbarer schienen, elastischer und zugleich fester. Andererseits war der Vater ein schwerer Trinker, und kurz vor dem Abitur hatte Jochen lange in der Schule gefehlt und schien danach ein wenig zu humpeln; auf dem Schulhof erzählte man sich, es sei ihm beim Verdreschen ein Bein gebrochen worden. Sebastian wollte das nicht glauben und traute sich nicht, zu fragen; ihre Freundschaft lag damals schon Jahre zurück.

Er weiß nicht viel von Lenas Familie, doch das wenige deutet auf ein ländliches Matriarchat, in dem das Haus vielleicht ähnlich viele Geräusche macht, die Trinker aber verschwunden sind; Lenas Vater schon vor der Geburt, ihr Großvater so früh gestorben, dass sie keine Erinnerung an ihn hat. Bei uns leben viele so, hatte sie gesagt, als später auf die Fragen auch Antworten kamen: Die polnischen Männer taugen nicht viel, und die etwas taugen, die sind im Ausland und schicken Geld.

«Nein, eigentlich *war* das so, das war ein alter Satz.» Ihr Deutsch war so makellos, dass er diese Formulierung für beabsichtigt hielt, genau so. Und er fand das klug, die Vergangenheit mit alten Sätzen zu beschreiben – wie viel aufrichtiger, als neue Sätze zu bilden, um zu erklären, was früher war, als die alten Sätze noch richtig waren. Nun wird ihm klar, wie sein Freund Marco damals vom Ende seiner Ehe mit der blonden Ulrike erzählte; Marco hatte, gleichsam angehalten vor Verwunderung wie ein Riesenrad, das mit vollen Gondeln stehen bleibt, solche Sätze gesagt, die einmal gestimmt haben mussten. Und dann ganz langsam den Kopf bewegt, hin und her, nicht mal zum Schütteln reichte es. Sebastian hatte das auf den Alkohol zurückgeführt und eine Art Denkfaulheit; etwas Stures, Egozentrisches, das beschämende Gegenstück zu Marcos fluider Kompetenz als Verführer in den studentischen Jahren, und es hatte ihn still empört, auch für die blonde, ihm so untadelig erscheinende Ulrike. Die doch, meinte er, ein Anrecht habe auf eine energische Spurensuche, die der Verzweiflung Gründe liefern sollte. Er selbst hat, das scheint Sebastian nun auf, die Liebe als etwas gesehen, worauf man Anrechte geltend machen darf, wenn man sich nichts zuschulden kommen lässt, und für deren Verschwinden es Ursachen oder immerhin Bedingungen gibt, die sich vielleicht nicht rückgängig machen, aber eben verstehen und für die Zukunft ändern lassen. Dabei hat er ja einmal, vielleicht sogar zweimal erfahren, dass es eben keine Gründe gibt, wenn man sich verliebt – oder dass man die Gründe nicht kennt – und man die Bedingungen, wenn es denn solche gab, als Akzidenzien an die Seite schiebt; ja, das war im Urlaub, und ich fühlte mich frei, oder: ich war endlich selbstbewusst genug, nach dem Examen – lauter Sätze, die auch wahr sein mochten, aber ohne entscheidende Bedeutung waren. Er hat also das Ende einer Liebe als etwas betrachtet, das einer Erklärung bedarf; das war ihm als der Ausweis einer wirklichen Liebe erschienen, in der man die Leben verknüpft, vernäht, gemeinsam ein drittes daraus macht. Im Vertragsrecht würde so etwas nicht gelten; eine Veränderung durch die Zeit, in der die Bedingungen des Anfangs nicht mit denen des Endes korrelieren, sogar im Widerspruch stehen; erst die Himmelsmacht, dann die Verantwortung. Er würde das aber ohne Zögern so seiner Tochter erklären, wenn sie von einem Mann verlassen würde, mit dem sie womöglich auch Kinder hätte; er würde mit ihr gute und schlechte Gründe suchen, wenn sie es denn zuließe.

«Sebastian? Bist du noch da?»

Er sieht in ihre Augen, immer wieder so überraschend lichtgrün zu der Masse dunklen Haares um ihren hochgetragenen Kopf; ein forschender, aber auch empörungsbereiter Blick. Eine Zeile aus «Anna Karenina» drängt sich in sein Bewusstsein – auf seinem Nachttisch seit Weihnachten, ein Geschenk von Adriana, das ihm ein unangenehmes Rätsel aufgab (unter ihrer robusten Schale verbarg sich, von klein auf, ein ahnungsvoller Seelenkern): der Gedanke Wronskis, als Anna die Treppe herabschreitet in ihrem Gutshaus auf dem Lande, in das sie ihn mit einem Telegramm zurückgeholt hat, das Kind sei gefährlich krank; und er begreift bei der Ankunft sofort, dass es sich um eine Finte handelte, mit der sie ihre Macht als Mutter ausspielt, weil sie nicht so lange allein gelassen sein wollte, während er seinen Männergeschäften nachging – ein Ausflug in Landschaften der Seele, in der es mal nicht um Liebe ging und tragische Gefühle, sondern um die unabweisbaren Pflichten eines verantwortungsvollen Adeligen. Sie kommt also die Treppe herunter, Zoll um Zoll eine Erscheinung, und dann heißt es, in etwa: «Wie schön sie war. Doch ach, wie oft hatte er das schon gedacht!» Der Zauber war über Nacht zu einer Feststellung geworden, so neutral, wie es die Bemessungsgröße seiner Latifundien gewesen wäre. Ein alter Satz.

«Ja, klar. Also, was diese Fahrt betrifft – ich denke, Bettina und ich können schon rausfinden, ob er an diesem Tag etwas vorhat, und dann fahren wir einfach. Und du kommst nur mit, wenn du Lust und Zeit hast.»

Ich hätte dich gern dabei, auch das hätte er sagen können, denkt Mora, und betrachtet ihre Bereitschaft, jedes

Wort auf die Goldwaage zu legen, mit einer Mischung aus Beunruhigung und Zorn. Die innere Abwesenheit ihres Mannes, ist sie da oder nur in ihrer Vorstellung? Oder ist es ihre eigene Abwesenheit, die sie ihm zuschieben will? Wie ein Band, das ausgeleiert ist und Schlaufen werfen und sich verheddern kann; auf einmal gibt es Spielraum für Gedanken, die es früher nicht gab.

Sie hat immer zu den Frauen gehört, die ein Buch in der Handtasche hatten, wenn sie zu Ärzten gingen; mit stillvergnügtem Hochmut hat sie die Frauenzeitschriften mittlerer Preisklasse ignoriert, in denen vorn Mode- und Kosmetiktipps die Laune heben sollten, bis auf den hinteren Seiten die Sorgenfalten trainiert wurden: Ist Ihre Ehe noch lebendig? Warum lässt die Leidenschaft nach, Dr. Wrobel, und was kann man dagegen tun? Seit einiger Zeit lässt sie ihr Buch in der Tasche, sie ist anfällig geworden für diesen dünnflüssigen Ersatz vertraulicher Gespräche. Ihr Unbehagen ist noch zu wenig fassbar, um es zu einem Thema zu machen, gleichgültig mit wem, und vielleicht hält sie auch ein magischer Glaube davon ab, dass, was einmal Wort geworden ist und Satz, sich nicht mehr aus der Welt schaffen lässt. Dieses bestürzende, aber auch wieder vergehende Gefühl von ratlosem Unglück, das sie in Wellen durchfließt: Sie fühlt sich umstellt von *Labels*, zu denen es, möglicherweise, passt. Natürlich könnte sie zu *ihrer* Frau Dr. Wrobel gehen und ihren Hormonstatus prüfen lassen, dann gäbe es vielleicht ein Wort wie ‹Wechseljahre›, das Antwort und Therapie in einem wäre, oder zu einem Psychologen, der von einer typischen Lebenskrise in mittleren Jahren sprechen würde oder auch, in der ermutigenden Variante, von der Neuerfindung einer Frau, deren Ehe in guten Bahnen verläuft und deren Kinder sie nicht mehr brauchen. In einer dieser Zeitschriften war auch von einer Beratung nach Viktor Frankl die Rede gewesen, einem Überlebenden von Auschwitz, der festgestellt hatte, dass von den Aussortierten und dem Tod Geweihten diejenigen die besten Chancen hatten, die als Gläubige, als Kommunisten, als Liebende mit ihren Kräften so sorgsam wie möglich haushalteten. Nach Wasser und Nahrung, so hat sie es behalten, ist Sinn die entscheidende Ressource; eine Einsicht, die verschüttet ist in dem endlosen Verläppern von Zeit, in der Suche nach Komfort, nach Vergnügen und Selbstoptimierung, der sich alle in ihrer Umgebung, sie natürlich eingeschlossen, hinzugeben schienen. In der apodiktischen Verurteilung ihrer Reihenhausexistenz, die ihre Tochter Adriana – vegan, den jugoslawischen Sozialismus verherrlichend, auf dem Weg nach Bolivien, um dort Straßenkinder zu retten – ihr vorhält (einer Mutter ohne Berufung, die in einer Boutique überflüssige Fähnchen an überflüssige Frauen verkauft), fühlt sie sich beschämt und zugleich ungerecht beurteilt; als würde ein Film ohne Ton über sie gedreht oder als würden in einer Erzählung nur Handlungen berichtet, ohne deren Motivation. Doch es frisst an ihr, das kann sie nicht leugnen, so, wie das verschlossene Gesicht ihres Sohnes sie immer wieder in einen Kummergraben rutschen lässt, als wäre sein von allen anderen Instanzen als altersgerecht eingeschätztes Verhalten die konventionelle Fassade ihres Versagens; eines Versagens, das umso größer ist, als es keine Umrisse hat, keinen wie auch immer finsteren anekdotischen Gehalt. Kein dunkles Gold möglicher Einsicht, nirgendwo.

Wenn sie in Dalmatien ist, dann spürt sie diese Wellen nicht, und sie hält es dann für eine erlösende Einsicht, dass ihr Unbehagen gar nichts Persönliches ist. Dass – wessen sie als Studentin mit einer gewissen Blasiertheit sicher war, was ihr in den letzten Dekaden aber entglitten ist – diese westeuropäische Lebensweise eine unaufhörliche und fruchtlose Anstrengung darstellt, das Gruppenwesen Mensch zu einem Individuum herabzuzüchten, zu einem sozialen Bonsai, eingesperrt in eine Wohnzelle mit zwei, drei Abhängigen derselben kranken Fiktion, dass diese wenigen genügen sollten, eine Person zu werden und zu bleiben; dies wenige und ausgesuchte Freunde zu ausgesuchten Zeiten und, später natürlich, das sogenannte Berufsleben. Stattdessen: das unaufhörliche Gemurmel ihrer Mittelmeerregion; dieses nie reißende, feinmaschige Gewebe aus Klatsch und Gelächter, aus Geschichten und geteilten Sorgen, aus Nachbarschaft und Schimpfen auf den Staat, aus Hilfsbereitschaft und verdeckter Missgunst, aus unvergessenen Familienfehden und Querelen, aus Liebschaften und Kindern und Alten, die niemals müde wurden, sich einzumischen, aus Feiern, bei denen alle durcheinanderredeten und aßen und sangen bis in die Nacht; dieser bodennahe Alltag von Mahlzeit zu Mahlzeit, von Gruß zu Gespräch, von Stehenbleiben und Weitergehen, von Erwägungen über das Wetter und die Qualität der Oliven bis zu den kommenden großen Festen; die mikroskopischen Langzeitbeobachtungen über das Alter, die Ehen, die Grundstücksteilungen und Hausanbauten, die großen Kinder, die wiederkamen und ihre Kinder mitbrachten.

Und all das in einer Kulisse, die seit Jahrhunderten dieselbe war. Ein paar Straßen hatten das Bild verändert, ein paar größere Villen und kleine Manufakturen, aber es waren dieselben Berge und deren sanftes Ragen aus dem Morgennebel, dieselben Gipfel schwarz gegen die Sonne im steilen Mittagslicht; es waren derselbe Strand, dasselbe Zittern der Blätter in der Brise vom Meer, derselbe Geruch nach Wildkräutern, Nadelgehölz und warmer Erde. Und alle Menschen bewegten sich in der gleichen Art, gekonnt und umsichtig auf dem unregelmäßigen Pflaster, über viele Generationen trainiert – kein Schreiten, kein Herrenmenschentum, kein eiliges Treppensteigen mit dem Handy am Ohr, kein totes Warten auf die nächste U-Bahn und keine Spalten im Tag, wie die Fahrten in vollen Waggons sie schnitten. Vielleicht waren ihre Sinne offener, bestimmt aber noch weniger zurechtgestutzt als die germanischer Städter, die von klein auf so viel wegschieben mussten von den Nerven, von den Augen und Ohren und der Nase und der Haut: den Lärm der Maschinen, den Gestank der Autos und der Mitmenschen im Sommer, auf engstem Raum zusammengedrückt; all das Fiepen und Summen und Sirren der Geräte, das fahle Licht der Innenräume und die Zurichtungen der Körper, um in die falschen Kleider zu passen, um sich auszupowern beim Rennen auf Transportbändern; all diese unzähligen Verrichtungen, um vor den Augen und den Spiegeln zu bestehen, und beide gleichgültig oder gnadenlos … Es mag Heimweh sein. *Čežnja.*

«Am Sechsundzwanzigsten, das ist ein Donnerstag, gibt es um sechs die Elternversammlung zur Klassenreise», sagt Sebastian mit Blick auf die Zettel, die mit Magneten am Kühlschrank befestigt sind.

«Willst du da hin?»

«Ich denke, einer von uns sollte wohl ... Aber ich würde zu spät kommen. Wir haben die turnusmäßige Sitzung mit dem Finanzressort. So ganz im Sinne der arbeitenden Bevölkerung ist diese Anfangszeit nicht.»

«Aber das wahrscheinliche Ende. Sie gehen davon aus, dass alle spätestens um halb acht wieder zu Hause oder im Biergarten sein wollen und deshalb nicht allzu viele Fragen stellen.»

«Ja, das leuchtet mir ein», sagt er, dann steht er auf, sein Glas in der Hand. «Soll ich schon abräumen oder willst du noch etwas?»

«Nein, danke, ich gehe dann raus und wässere mal. Es hat so wenig geregnet, ich will mich um die Tomaten kümmern.»

Er sieht ihren gestreckten Rücken durch das offene Fenster, während er zwischen Tisch und Spülmaschine hin- und hergeht. Sie hat sich den alten, verbeulten Sonnenhut aufgesetzt, der im Gartenhäuschen am Haken hängt, und zupft Blätter vom hohen Strauch vor der Hecke, der schon da stand, als sie das Haus gekauft haben, und der orangefarbene Beeren produziert, die man nicht essen kann. Erleichterung, vielleicht Enttäuschung oder auch nur Verdutztheit über ihr Verschwinden. Die poröse Verschalung, in der er sich befindet, seit er denken kann, war sein Geschenk an sie. Diese Schale lässt sich immer aufs Neue zerstören, auf dass sie nachwachse. Durch Moras fortwährendes Fragen, ihre Aufmerksamkeit, ihren Willen zum Nein, durch ihre Unzufriedenheit mit seinem Schweigen und seinen blassen Antworten war er sich bewusst geworden, dass es etwas gab neben Funktionieren und Rückzug und dass ihre Ungeduld die aggressive Ausdrucksform einer viel größeren Geduld war, als er sie jemals aufbringen würde.

Die Komplexität des Verwaltungsrechts nimmt er mit der pedantischen Freude des Tüftlers hin, da es ihn im Zusammenspiel von Verordnungen und Aktennotizen, von Einvernehmungen und dem Studium früherer Entscheidungen auf die richtige Weise fordert; ziviles Menschenwerk in all seiner Unzulänglichkeit, eingehegt durch Gesetzestexte und die vergehende Zeit, ihre terminlichen Imperative. Doch ist all das letztlich nichts anderes als ein Durchgangsstadium zur Erledigung, nach dem man sich dem nächsten Fall widmen kann, der neuerlichen Befassung mit anspruchsvoller Unordnung, die man bis zur Entscheidungsreife häckselt und wieder anders zusammensetzt. Ihre Geduld hingegen ist nicht auf endgültige Klärung aus, sie ähnelt eher der Geduld eines Gärtners, wie Mora sie hier, auf diesem kümmerlichen, teuer bezahlten Streifen Hintermünchner Land, ausüben kann, wo es immer etwas zu tun gibt und nichts jemals ein Ende findet. Diese Geduld ist der Treibstoff ihrer immerwährenden Frage, worum es *eigentlich* geht. Dieses unaufhörliche, tiefere Schürfen, der feste Glaube, dass hinter jeder Geschichte noch eine andere steckt; eine Babuschkalogik, die ihre Ergebnisse findet in einem Gefühl, das sich nicht mehr erklären lässt, sondern Richtigkeit hat, einen Geschmack von Befriedigung. Und die nicht in Phlegma mündet, sondern in Leidenschaft oder jedenfalls Aktivität. Er weiß, dass seine Art, mit psychischem Unbehagen umzugehen, nicht einmal eine Schrumpfform dessen ist, sondern wahrscheinlich eine in all ihrer Ängstlichkeit vor allem bürgerliche Vertagung des Seelischen mittels Handlung; eine Art Probe, ob das Problem noch da sei, nachdem man die Küche aufgeräumt, den Garten gewässert oder eine Akte studiert hat. Und es hat Situationen gegeben, in denen Mora ihm dafür dankbar war, für diese pragmatische Umformung des Unaufgelösten. Man ließ ja kein Schachspiel stehen, so wie es war. Sondern wurde ein anderer durch einen getrennt verbrachten Abend, nach einer sinnvollen Lektüre oder auch nur einer warmen Dusche; ein anderer, dem die beklommene Ratlosigkeit oder Gereiztheit Stunden zuvor wie eine innere Wetterlage erschien, die nun eben verändert war, rückstandslos aufgelöst.

Dass so etwas keine Flucht war, sondern die Klugheit des Alltags, hat das Familienleben immer wieder bewiesen. Er hatte sofort darauf bestanden, dass sie in seinem Elternhaus in Erlangen nicht in seinem früheren Kinderzimmer (längst innenarchitektonisch neutralisiert; die Kinderbücher, die Jahrgangshefte der Schule, ein paar Notenhefte im Keller verstaut) übernachteten, schon bei ihrem ersten Besuch als Paar. Zunächst war es die Jugendherberge, dann ein steriles Hotel Garni mit einer weißen Schleiflackmöbelgarnitur in der Dachstube, deren winziges Fenster ein stabiles Rechteck ins wandernde Himmelblau schnitt. Hier hatten sie die schönsten, die innigsten Stunden dieser Jahre miteinander verbracht, erhaben über die kleinbürgerliche Beschränktheit ihrer Umgebung und zugleich dankbar für die aufgeräumte Sauberkeit, die auf sie wartete, wenn sie nach den Mittagessen mit seinen Eltern, vor den Familientreffen am Abend hier beieinanderliegen würden; mal locker und absichtslos wie befreundete Tiere, häufiger ineinander verhakt und verschlungen, miteinander keuchend, sich reizend, erlösend. Der Schlaf danach, diese Schwere ausgeliebter Körper, das Gewicht ihres Unterarms auf seinem Magen, ihre trockenen Locken auf seiner verschwitzten Schulter, ihre ineinander geschmiegten, zärtlichkeitssatten Leiber, das war ihre Selbstbehauptung als die neue Einheit. Wichtiger als die Bande seiner Herkunftsfamilie, die hier als kulturgetarnte Schlingen ausgeworfen wurden: im städtischen Museum eine wunderbare Ausstellung mit einem Cranach, ein neuer Laden für Schmuckdesign von einer früheren Klassenkameradin und eine im Radio sehr gerühmte historische Führung durch die Altstadt, inklusive der Spuren jüdischen Lebens ... Vieles hätte man gemeinsam unternehmen können, und er erinnert sich an ihre Verblüffung, die seiner Mutter, aber auch Moras, wenn er für sie beide ablehnte, bis diese Angebote spärlicher wurden und irgendwann ausblieben. Er täuschte kein Aktenstudium vor, er führte auch keine Müdigkeit an, er nannte gar keinen Grund, an dem man hätte deuteln, den man hätte schwächen und zersetzen können. Und mit derselben nüchternen Sicherheit hatte er dafür gesorgt, dass sie beide, das Paar, nicht in Cafés, in Schlendereien durch die Stadt ihre

Zuflucht suchten. Erlaubt waren am Tage: ein Marsch entlang der Regnitz, Wasserkraftwerk und Fischtreppe, wenn Bewegung unter freiem Himmel das Richtige schien, oder der Eskapismus Kino, dieser tiefe Schnitt in das Vlies des Tages, der, wenn in der Dachstube die sommerliche Hitze lastete, immerhin einiges von dem mit sich führte, was das Doppelbett mit Ritze ihnen bescherte: die physische Verbundenheit, und sei es nur in der Verflochtenheit der Finger und der Tuchfühlung der Arme, sowie das Vergessenkönnen der konkreten Erlanger Umstände, in denen sie sich behaupten mussten – eingeklemmt, zurechtgestutzt, psychisch gequetscht und geistig stillgelegt, alles in allem innerlich komatös bei äußerlich tadellosem Funktionieren. Er mit allen Kräften bemüht, die Vierzehnjährigkeit seiner Seele zu umarmen, ohne sich ihr zu ergeben, sie zur selben Zeit überwach und mit laufender Registriermaschine, anfangs vor allem aufmerksam für Bemerkungen über die Eigenarten des Balkans, für allgemeine oder nur auf den Südosten Europas gerichtete Fremdenfeindlichkeit, später in der Wahrnehmung geschärft für jede Art von Urteil.

Was den Kontakt schwieriger machte. Denn einmal darauf geeicht, stellte man fest: Ein großer Teil dessen, was Sebastians Eltern, zumal seine Mutter, äußerten, waren nun mal Beurteilungen, in ihrer Reichweite unbegrenzt. Natürlich das Wetter – eine sehr deutsche Marotte, wie Mora befand, aber vielleicht verzeihlich in einer ehemaligen Bauernregion, in der ein «ländliches Krustenbrot» offenbar noch verführerisch wirkte, wenn es, in Plastik eingewickelt, im Supermarkt gestapelt lag.

Besuchten sie alle gemeinsam ein Straßencafé, dann war es die Lage (zu nah an der Kreuzung), im Restaurant war es der Service (nicht aufmerksam genug). Die Moderatorin des Fernsehtalks hatte für ihre Rocklänge zu schwere Beine, der Gesundheitsminister war für sein Amt zu dick, der Bundespräsident sprach salbungsvoll. Der Greenpeace-Sprecher hatte in allem recht, aber man hörte ihm nicht gerne zu, er hätte doch etwas gegen seinen Sprachfehler tun können.

Fiel es einem erst einmal auf, war es verheerend. Beinahe vergaß man, dass es auch andere Weisen gab, in der Welt zu sein. Andere Weisen von Egozentrik – so hatte er es behauptet; ursprünglich, um Mora zu provozieren (in jener Phase fand er ihren Unmut vor allem belebend), im Gespräch jedoch immer tiefer von seinem Einfall überzeugt: War es denn weniger ichbezogen, wenn man, wie Mora zunächst vorschlug, die Welt vor allem sinnlich auf sich wirken ließ, wenn man wie die Buddhisten alles Urteilen in der Schwebe hielt und sich auf die Rückmeldung der Organe beschränkte? Das fühlte sich naheliegend an, libidinös aufs Angenehmste durchblutet, wie sie damals eigentlich dauernd waren. Führte einen aber doch an einer anderen Kette, und sei es an jener der neuronalen Impressionen (sie beide verstanden nichts von Biologie, fuchtelten aber mit Begriffen wie Synapsenfeuerwerk und Dopaminversorgung herum). Ein Absolutismus des Jetzt, wie er zu bedenken gab: Denn was blieb außer dem jeweiligen Wohl- und Unwohlsein, wenn man keinen Standpunkt hatte, keine Freiheit mithin, sich zu dem zu verhalten, was man empfand?

Für ihn nehmen – wie er inzwischen ergänzen würde – die positiven Rückmeldungen jedenfalls ab.

Es gibt kaum Zeichen von Unwohlsein des Systems, aber weite Strecken bar jeder Markanz, beispielsweise im Büro; Minuten, Stunden, gar Tage ohne emotionale Färbung. Und damit wiederum findet er sich gerne ab, von einer höheren Warte aus: Neutralität ist adäquat, um die Ordnung der Welt zu erhöhen, die Infrastruktur, die sie alle brauchen, um überhaupt durchs Leben zu kommen, glücklich oder auch nicht; Rechtssicherheit zum Beispiel, fließendes Wasser, verlässliche Ampelschaltungen. Wobei er es zur Zeit vor allem mit der Farbe Orange zu tun hat, einer Double-bind-Farbe, die als Dauersignal eben das nicht gewährt, was man von einer Ampel erwartet: Stehen bleiben oder beschleunigen, das muss er selber entscheiden, in einem fort, auch hier, zwischen dem Esstisch aus Weichholz und der taubenblauen Küchentheke, und zwar, obwohl er sich ja entschieden hat. Solange es weiter in ihm räsonniert – die wohlerzogene Sublimierung eines verbotenen Begehrens. Im Falle von Zucker oder Nikotin könnte man dieses Zweifelszucken mit Eindeutigkeit beherrschen, als eine Verführung des Nervensystems decouvrieren, die lästig, aber vorübergehend und untergeordnet ist, eines Konflikts im Grunde nicht würdig. (Der Impressionismus auf seiner guten, seiner trivialen Seite.) Im Gefühlsleben aber, als Welpe im Seelenfell, das bei jedem Windhauch und der zartesten, sogar absichtslosen Berührung erzittert – was könnte ihm da Sicherheit und Führung geben?

Denn er fühlt sich nicht bereit, nach wie vor, Lena und

ihren überraschend widerständigen Abdruck in seinem Inneren als einen Störfaktor zu behandeln. Den hätte man nämlich zu beseitigen. Es hilft ihm hier auch nicht der Vorschlag von Psychologen – den er, ratlos im *world wide web* herumstochernd, gefunden hat –, sich die Folgen einer Affäre auf zehn Tage, zehn Monate, zehn Jahre hin zu vergegenwärtigen. Zehn Jahre ohne Zucker oder Nikotin, das kann nur strahlend sein, und da wäre dann auch die Erinnerung an zehn Tage Schmacht und zehn Monate mahlender Zähne nichts als eine Episode. Aber würden nicht, beispielsweise, fünf Jahre schmerzliches Ziehen des Herzmuskels beim unvermuteten Anblick maisfarbener Pferdeschwänze, zehn Jahre anfallsweises inneres Verschwinden in Blödigkeit und Sehnsucht ganz neue Fragen aufwerfen? Und die Weisheit der ursprünglichen Entscheidung in Zweifel ziehen?

Er wünscht sich jemanden, mit dem er darüber reden kann. Einfach und unverstellt, aber mit offenem Ausgang – weshalb ein Pfarrer sowieso nicht infrage kommt. Eher so, wie dieser verstockte von Instetten mit seinem Kollegen geredet hat, als er aus Versehen auf die Briefe von Effi stieß. Wobei, wenn er sich richtig erinnert, genau das Reden darüber der Fehler war: Hätten Sie mich nicht ins Vertrauen gezogen, sagt dieser Freund und Geheimrat, dann könnte ich Ihnen und Ihrer Ehe weiterhin unbefangen begegnen. So aber werde ich, wenn Ihrer Gattin mal eine zweifelhafte Bemerkung entschlüpft, etwas wissen, von dem auch Sie wissen, dass ich es weiß, und ich bin dann zwar ein Einzelner, aber als ein Dritter im Verhältnis zu einem Paar repräsentiere ich die Gesellschaft. Und Sie würden hinter meiner Stirne lesen, was ich möglicherweise denke; wir wären beide nicht mehr frei und Ihre Frau für immer unserem Taktgefühl ausgeliefert ... Woraus er schließt, während er mit einem ganz wenig feuchten Lappen – weil ihn Hausarbeit nicht interessiert, hat er das Nötige einmal gelernt und wendet es seitdem gedankenlos an – über den Tisch wischt: Es ist falsch, sich jemandem zu offenbaren, mit dem man Umgang hat. Ein Psychologe wäre vielleicht vernünftig – oder jedenfalls der zeitgenössische Ersatz für die Geistlichen, deren theologischer Letztbegründung er ja ohnehin nicht vertraut. Jemand, bei dem das Gespräch als solches Beichtcharakter hat und in dem ein Feld der Selbstprüfung bereits durch das *setting* eröffnet wird, das Herausgehobene, Begrenzte und absolut Vertrauliche des Ganzen (allerdings sieht er sofort zwei bequeme Lehnstühle aus hellem Holz und mit ockerfarbenen Sitzkissen vor sich, die aus der Beichte eine gemütliche Begegnung *auf Augenhöhe* machen). Und ein Psychologe bedeutete schließlich auch: Lena zu einem Problem zu erklären. Das gäbe seinem Gefühl für sie einen Charakter, den es bisher nicht hat. Er würde diese Wucherung seines Gemüts dann nicht mehr mit Faszination und einer Art heiligem Schauder betrachten, sondern definierte sie als eine Geschwulst, die man auf ihren Gehalt hin analysieren kann, die aber am Ende entfernt werden muss. Oder deren Auftreten etwas über seinen Organismus verrät, das nach Änderung verlangt; ein metabolisches Ungleichgewicht, das zu neuen Gleichgewichten führt, anderer Menschenkost, anderen Räumen – weil man das als therapeutisch vernünftig erkennt.

Ihm ist das in einem Maße zuwider, das seine Wehmut wie seinen Schmerz übersteigt. Der sommersprossige, nackte Arm von Mora, etwa zwanzig Schritte entfernt in das Geäst des Pflaumenbaums gereckt, führt ihn jählings auf die schleiflackweiße Bettstatt in Erlangen zurück und zu diesem Hochplateau ihres Bewusstseins als Paar: wie erhaben sie sich fühlten über die Würde des bürgerlichen Konsumenten, mit der seine Eltern durch die Welt stolzierten – in der jedes Phänomen, vom Pflaumenmus bis zur Regierungserklärung, nach Gefallen oder Tauglichkeit für das eigene Leben beurteilt und so *warenförmig* wurde, auch wenn es – wie das Wetter oder ein Dialekt, beispielsweise das «ordinäre Berlinern» – nicht käuflich, nicht einmal zu verschenken war ... Und wie sicher sie beide waren, dass sie nicht so werden würden. Womit sie recht behielten.

Für sie beide war das Moralische die Dimension, in der die Welt sich bewähren soll, und sie als Privilegierte in dieser Welt gleich mit. Eine Entscheidung – oder eher eine Haltung, in seinem Fall durch Abstoßung von den Eltern und geeignete Lektüre entstanden –, bei der es nur Verlierer gibt, *in the long run*. Er drückt den vollgesogenen Schwamm an der zimtfarbenen Holzschüssel aus und trocknet sie mit einem weichen Tuch, wischt gründlich über die Rundungen, innen wie außen. Allein in seiner Lebenszeit eine Kette trauriger Metamorphosen: Ortega und seine Sippe, Morales und die Seinen, Lula, Mugabe und sogar Erdoğan, als Bürgermeister von Istanbul einst die begründete Hoffnung der Armen und der Verlierer ... Für *Machismo*, das dürfte er sich immerhin zugestehen, war er nie empfänglich gewesen, eher für die abgerissene Unschuld der Indigenen; etwas Muskulöses, Flinkes, das eben nicht faschistisch war. Seine Oberschenkel pressen sich an die glatte Tischkante, und er fühlt mit Überraschung, wie er anschwillt und in seinem Gehirn – wie lange schon? – nichts anderes mehr Platz hat als das matte und belanglose Hin und Her der Blätter des Pflaumenbaums, die unaufhörlich drehenden Punkte der tief stehenden Sonne und aufsteigende Wärme, zuckend, gebieterisch.

«Angelika?»

«Selma! Wo bist du?»

«In Paris, noch immer. Das Semester läuft langsam aus, aber es gibt noch ein paar Termine, und ich will einen Vortrag zu Ende schreiben. Wie geht es dir?»

«Ich krepel mich so durch ... Diese sogenannte Renovierung ist ein Desaster. Und ich habe ständig mit Männern zu tun, die mehr wissen als ich, weil sie einen Dübel von einer Schraube unterscheiden können und mir den Unterschied auch unaufgefordert erklären. Vorausgesetzt, sie sprechen Deutsch.»

«Und Marie?»

«Hat sich in die Leute von unten verliebt. Da gibt es jeden Abend zur selben Zeit ein gemeinsames Essen, und jedes Kind hat ein Platzdeckchen mit seinem Namen, der Vater geht ins Büro, und die Mutter –»

«Lass mich raten: Die arbeitet Teilzeit?»

«Die arbeitet gar nicht mehr. Hat mal als Spezialistin für Leberkrankheiten geforscht und will bald selbst gemachte Taschen aus italienischen Gobelinstoffen auf Bauernmärkten verkaufen. Mit Liebe gemacht.»

«Ist doch eigentlich gut, so eine Anlaufstelle im Haus für Marie?»

«Ja, ist eigentlich gut. Nicht so gut daran ist, dass man das eigene Scheitern jeden Tag frisch serviert bekommt.»

«Mit Platzdeckchen. Ich verstehe. – Sag mal, hier gibt es nächste Woche eine Tagung, die dich interessieren könnte, über Autorinnen des frühen 19. Jahrhunderts ... Und meine Nachbarin ist bei ihrem Freund in Marseille, du könntest ihr Apartment haben.»

«Das ist ein sagenhaftes Angebot! Ich rufe meine Eltern an, ob sie Marie ein paar Tage nehmen. Die freuen sich.»

«Und sonst vielleicht die Platzdeckchen. – Ich würde dir eine Keynote besorgen, über Austen, dann hast du was für den Lebenslauf und die Steuer. Und es kommen ein paar kluge Leute, übrigens auch eine Australierin, die ist aber inzwischen in Leeds an der Uni. Ich maile dir das Programm. Am Donnerstag gibt es den *welcome*-Aperitif, Sonntagmorgen den letzten Vortrag, und das Apartment ist bis Montagabend frei. Vivienne liebt deutsche Süßigkeiten, vielleicht kannst du einen Baumkuchen mitbringen als Präsent.»

«Ich würde sogar einen backen! Das möbelt mich wirklich auf.»

«Wenn du sogar von Möbeln sprechen kannst –»

«Das war natürlich nur ein Versehen. Ich muss ein neues Regal besorgen, das alte passt nicht an die Wand, weil man da nicht dübeln kann. Aber ich habe ja noch ein paar Tage Zeit, mich durch die Bücherkisten zu wühlen.»

«Du hast doch alles im Kopf. Pack lieber ein paar gute Schuhe ein. Hier fühlt man sich immer noch komisch mit Birkenstocks.»

Als Mora um zehn Minuten vor sechs das Schulgebäude erreicht, ist der Parkplatz verlassen bis auf zwei dunkle Autos, in denen die Sonne sich dramatisch spiegelt. Sie stellt ihr Fahrrad zu der ungeordneten Gruppe neben den Ständern – eine verspätete, kleine Rache der Eltern für all die Abende, da sie in festen Reihen auf den Stühlchen ihrer Kinder sitzen mussten, «damit Sie die Perspektive Ihrer Söhne und Töchter einnehmen können». Im Klassenzimmer von Ben, vierter Stock mit Blick auf den asphaltierten Hof – die Großen müssen laufen, die Kleinen dürfen im Erdgeschoss sein –, sitzen, großzügig verteilt, etwa fünfzehn Erwachsene, die sie fast alle vom Sehen kennt. Die Eltern von Bens bestem Freund sind Griechen; sie setzt sich neben den Vater Vassilis', dessen glatt rasiertes, rundliches Gesicht stets Entspannung ausstrahlt, obwohl das Restaurant, das er mit seiner Frau betreibt, eine hitzige Hölle aus Hektik und Stress mit den Behörden sein muss. Zuletzt, erinnert sie sich, sollte die Toilette behindertengerecht umgebaut werden, «drei Schwellen herausreißen und den Gang erweitern, damit ein Rollstuhl drehen kann, verstehst du?», aber auch das brachte er mehr fassungslos als verärgert vor. Alles mühsam, aber korrekt, das ist die Quintessenz seiner Erzählungen; keine Bestechung, keine Korruption. Spyros ist verliebt in Bayern und wünscht sich, dass sein Sohn Staatsanwalt wird. In Sophies Klasse haben die deutschen Kinder nach dem Abitur erst mal in Ruhe gechillt, das erzählte Bettina, als sie im letzten November auf dem Weg nach Venedig bei ihnen übernachtete – während die Migrantenkinder für die Aufnahmeprüfungen an den Unis gebüffelt oder Geld verdient haben. «Die sind mit einem Auftrag unterwegs, aus denen muss was werden. Manchmal frage ich mich, ob die nicht besser dran sind.» Wie so oft fühlte sie gleichzeitig Stolz und Empörung; unsicher, ob sie für Sebastians Schwester eine Migrantin ist oder eine angenehm exotische Schwägerin, ein kosmopolitisches *upgrade* mit tragisch zitterndem Hintergrund. Bettina hat die Gesten ihrer gestörten Mutter geerbt, dieselbe Art, in den Locken zu nesteln, die kokett oder verlegen sein kann, und dieselbe Marotte, sich überall einzugraben, in einem Sessel, auf einem Sofa; allerdings zieht sie auch ständig die Schuhe aus, was Dorothea niemals gemacht hätte, aus hochmütiger Höflichkeit. Alle Frauen in dieser Familie sprechen zu schnell, selbst Huberta, die kaum etwas sagt; es gibt eine Hast, das Wort zu behalten, die ihr aus anderen Quellen gespeist scheint als der temperamentvolle, weibliche Redefluss, den sie von zu Hause kennt; mehr Ehrgeiz, mehr Angst oder mehr Willen, sich zu behaupten, jedenfalls eine Mischung, die ihr das Wort Feminismus ziemlich lächerlich erscheinen lässt – und fremd wie der einseitige Undercut, mit dem Huberta auf ihrer Hochzeit erschien. Eine Demonstration gegen das ästhetische Regime der Mutter, so hatte Sebastian damals vermutet, inklusive der polierten Haferlschuhe und der schwarzen Herrenhose zum grau-weiß gestreiften Oberhemd; ein ironischer Aufstand gegen den seidig gerüschten Habitus Dorotheas und gegen zwanzig Jahre Erziehung zur gefälligen, jungen Frau. Offenbar ein titanisches Ringen, hatte Mora spöttisch erwidert, das auf keinen Kampfplatz verzichtet. Erst im Laufe der Jahre dämmerte ihr, dass die Neurose in diesem Land an der familiären Tagesordnung ist; die Auseinandersetzung mit den Eltern therapeutisch gehätschelt wird bis ins Greisenstadium der Mütter und Väter hinein. Äußerlich dezimiert bis zum dürren Minimum des Anstands – gemeinsame Taufen, Besuche zu Weihnachten und zu den runden Geburtstagen –, sind die Beziehungen innerlich verkeilt und äußerlich porös, jedenfalls in der gebildeten Mittelschicht, mit der sie Umgang pflegen und wo es nicht selten vorkommt, dass bei der letzten Flasche Wein mit heiligem Ernst erörtert wird, wie diese verrutschte Bemerkung und jenes verunglückte Geschenk bei einem Besuch «zu Hause» wiedergutzumachen sind. Oft geht es, wie sich dann herausstellt, ums Geld, um einen Kredit auf das bescheidene Haus, das ohne die Zuwendungen des pensionierten Oberstudienrats nicht finanzierbar wäre, oder um ein vorab ausgezahltes Erbe. Aber im Grunde weiß sie nicht, ob tatsächlich die Gier ein Antrieb ist oder nicht eher eine kaum gefühlte Hilflosigkeit – eine Art, die Beziehung zu halten. Und Geld nun mal das Medium ist, in dem beides Gestalt annimmt, in dem das Hilflose und die Anhänglichkeit sich ausformen und beweglich bleiben. Offenbar verschaffte die permanente und kippelige Vieldeutigkeit, die solche Geschäfte in der Familie nun einmal mit sich brachten – weil die Zuwendung eben keine selbstverständliche Gabe war, sondern ein bezifferter Vorgang, eine buchhalterische Form von Fürsorge und Liebe –, beiden Seiten Befriedigung. Sie bekamen dadurch Gelegenheit zu Schuldgefühl und Genugtuung. Und bei alldem wahrte man eine Art von Diskretion, die ihr unheimlich ist, als ein weiterer Beleg, dass man eigentlich nichts voneinander will oder sich zu wollen erlaubt: Denn was mit dem Geld geschieht, ob es für einen Wintergarten oder ein Studium des Enkels in den USA verwendet werden soll, das diskutierte man, soweit sie es verstand, oft eben nicht, das moderte in jenem Bezirk der «eigenen Entscheidungen» vor sich hin, dessen Unantastbarkeit zu den heiligen Beständen des westdeutschen Bürgertums gehört. Die häufig beschworene Scheu (auch ihrer Schwiegereltern), «sich einzumischen», die möglicherweise ein Erbe der Nazizeit war und sich in diesen nächtlichen, eruptiven Gesprächen unter Freunden über die reichen Väter und Mütter wieder zeigte: lauter unklare Lebensläufe, in denen der Hungerwinter 45 oder eine zerbombte Wohnung eine so dramatische wie verdeckende Rolle spielten; und die Gesichter, die von den nicht selbst erlebten Schrecken erzählten, unsatt und in trauriger Weise hysterisch.

Und zugleich: Als wäre die Gründung einer neuen Familie kein endgültiger Schritt, sondern eine Art Probe mit Rückversicherungsschein (ein schwer begreifliches deutsches Wort), rechneten diese erwachsenen Kinder auf Kompensation – er hat es versucht, es hat nicht geklappt, nun sind die Eltern da, um dafür Sorge zu tragen, dass nicht das Erbe «unter die Räder» kommt ... Sie registriert die Scheidungen um sich herum als verwirrende Schlachtengemälde, in denen Wut und Resignation, Durchwursteln und Hoffnung gleichzeitig regieren und die eigentliche Katastrophe – da geht eine Liebe zu Ende, da werden Kinder verwaist – unvorhersehbar zurechtgedeutet wird, je nach Laune des Augenblicks. Und es kommt ihr so vor, als ob die Eltern dieser Ulrikes und Julians, die wie gelähmt in ihren Wohnküchen im Kaffeebecher rühren, das Unglück mit einer ingrimmigen Neutralität begleiteten. Praktisch auf der Seite ihrer künftigen Erben, moralisch unerschüttert. Als wäre mit dem Auseinanderbrechen der Folgefamilie das Stammhaus in seinen Fundamenten eher gestärkt; ein unverwüstlicher Adlerhorst für eine Generation, die das fragile Durcheinander ihrer Nachkommen in ihren windschiefen Nestern von weit oben betrachtet, mit einem schmerzlichen, verwunderten Ausdruck, der ihre uneinholbare Überlegenheit verbirgt: Ihr könnt nicht verstehen, was wir durchgemacht haben. Dieser Refrain des hohen deutschen Liedes, diese Übereinkunft, die beide Seiten schützt, erscheint ihr wie die private Rückseite der allseits bewunderten Vergangenheitsbewältigung; ein kostbar bestickter Kummerbund.

Spyros richtet sich spürbar auf, als Frau Schlupf durch die offene Tür zum Lehrerpult geht und dort stehen bleibt, eine Kollegmappe unter den Arm geklemmt. Ratlose Kurzhaarfrisur, streng gebügelte Bluse; ein sympathisches, aber akut ganz freudloses Gesicht. Die Anspannung der Lehrer bei diesen Elternsprechtagen hat Mora immer bedrückt. Misstrauen gegen die Institutionen, so hat Sebastian es ihr erklärt, auch das ein Erbe der Nazizeit – durchaus nicht in seiner Kindheit, in der einbeinige Hausmeister noch schrankenlos wüten durften, aber danach, durch den Aufstand der Achtundsechziger, der alle zehn Jahre wieder gefeiert wird wie eine Mondlandung unter deutschem Kommando.

«Ich begrüße Sie alle sehr herzlich zu unserer kleinen Besprechung der Klassenreise nach Triest. Bitte tragen Sie sich in die umlaufende Liste ein; für die nicht anwesenden Eltern gibt es natürlich ein Protokoll. Die Tagesordnung ging Ihnen ja per Mail bereits zu. Es gibt nur eine Änderung unserer Pläne – Oberstudienrat Buselmaier ist leider verhindert. Erfreulicherweise hat sich Frau Dreikant bereit erklärt, unsere Gruppe zu begleiten. Sie unterrichtet im nächsten Schuljahr aushilfsweise Erdkunde und Biologie in der Mittelstufe und wird sich Ihnen gleich vorstellen.»

Während sie ihren Namen und den ihres Sohnes in die Liste einträgt, versucht Mora, die Unterschriften den vor ihr sitzenden Menschen zuzuordnen; etwas, das sich Jahr für Jahr ohne erkennbare Fortschritte wiederholt. Die aufgeschreckte Verwirrung der Eltern von Zehn- bis Vierzehnjährigen, die mit sozialen Medien und Alkohol experimentierten, hat in den vergangenen Jahren zu vertraulichen Fortsetzungen der Elternabende im nächstgelegenen Biergarten geführt, doch weder sie noch Sebastian nahmen je daran teil. Inzwischen hat sich ein höflicher Gleichmut durchgesetzt, der vielleicht daraus resultiert, dass sie alle in der Erziehung trainierter sind oder – das vermutet sie eher – sich manche von ihnen bereits in die jeweilige Zukunft ihrer Kinder zurückziehen: Wessen Tochter sich als Ärztin träumt, wessen Sohn als Jurist oder Cellist, der ist inzwischen auf dem sicheren Pfad täglicher Pflichten und so aus der Gefahrenzone, während die Eltern der anderen, so wie sie, ihre Ängste für sich behalten. Die Verantwortung steigt mit den Lebensjahren, während die Einflussnahme sinkt; ein Diagramm mit zwei Linien, die sich ihrer Erinnerung nach im Kindesalter von etwa elf Jahren schneiden: Die Symbiose ist längst vorbei, aber sie schwingt noch nach, in beiläufigen Umarmungen, in ausflockenden Gute-Nacht-Ritualen – und zugleich schaut einen das Kind zuweilen schon an wie ein fremder, eigensinniger Mensch, gelangweilt von alldem, was es bei seinen Erziehungsvertrauten tausend Mal gehört und gesehen hat. Doch es richtet noch keinen Schaden an, weder an sich noch an der Welt, es besteht noch aus Eigenschaften mit Potenzial – denn wer vermag schon zu entscheiden, ob die verträumte Helena nicht eigentlich kreativ ist und der fanatisch computerspielende Martin nur ein Wirkungsfeld für seine Begabung braucht? Nun befinden sie sich in der zweiten Phase, als Eltern von Pubertierenden, deren Gehirn sich noch einmal umstülpt, wie es inzwischen heißt – was sie entlastet und zugleich misstrauisch macht: In den Erzählungen ihrer Eltern und ihrer Großmütter (die Großväter sprachen nicht psychologisch über sich, sie gingen an den Wegmarken der Geschichte entlang; der erste Krieg, der zweite Krieg, der dritte Krieg –), in diesen Erzählungen kam die Pubertät nicht vor, es gab sie weder als Wort noch als Konzept. «... eine Regelung finden, die Ihren Kindern die Möglichkeit gibt ... Alkohol auf den Zimmern ist nicht erlaubt ...» Sie liest aus den Gesichtern der Frauen und Männer um sie herum Erleichterung, aber auch Zweifel; ein ganzes Portfolio von Risiken spreizt sich angesichts dieser Klassenfahrt plötzlich auf, die nicht in ein Landschulheim auf einer Ostseeinsel oder in die fränkische Burgenwelt führt, sondern in eine Stadt im europäischen Süden, wo es Palazzi gibt und ein Schloss, in dem Rilke seine Elegien schrieb, aber auch Bars und Drogenschmuggel am Strand; so hat es einer gelesen, der sich nun zum zweiten Mal zu Wort meldet, mit vor Aufregung lodernder Stimme, die um Beruhigung bettelt, welche sich nicht einstellen will ... Sie alle hier sind brave Schüler der Wissenschaft und der Medien, die ihnen unaufhörlich predigen, dass diese Jahre zwischen der Kindheit und dem wiedererkennbaren Homo sapiens (die vielleicht zwischen elf und siebzehn liegen, oder zwischen vierzehn und zwanzig, es bleibt ja immer der «Einzelfall») eine Ausnahmephase sind, eine *black-box-time*, in der höfliche Rücksichtnahme, freundliche Duldung, Vertrauen und Nachsicht helfen – ihnen selbst, den Eltern jedenfalls, den Lahmen, welche die Blinden führen … Doch all diese sympathischen Ressourcen brauchen, was sie betrifft, genau jene innere Sicherheit, die durch das Schreckenswort Pubertät beschworen und zugleich vernichtet wird: Ihr versteht sie nicht, eure Kinder, und eben deshalb sollt ihr ihnen vertrauen! Wenn Mora auf jene Phase ihres Lebens schaut, die ihr, nach dieser wissenschaftlichen Überzeugung, fremder, spektakulärer, zumindest merkwürdiger erscheinen sollte als andere Perioden, dann fühlt sie diese Entfernung keineswegs. Sie ist diesem schweigsamen Mädchen verbunden, das vor der Küche saß, die warmen Steine der Mauer im Rücken, eine Decke aus dem Schuppen unter dem Hintern und ein Buch im Schoß, um sich herum das Spektakel von nahen und fernen Stimmen, von unaufhörlichem Zirpen in der Luft und von Insekten, die seine Beine, den Nacken und die Buchseiten kolonisierten – so dass Kratzen, Pusten und Wischen zu den Bewegungen gehören, die sie bis heute mit dem Lesen verbindet.

Ein schütteres Klatschen weckt sie wieder auf, und sie sieht neben Frau Schlupf in ihrer gestreiften Bluse ihre Ladendiebin stehen.

26.6., 18.30

Weiß nicht, wie ich diesen Abend überstehe. Noch mal die Küche putzen? Kann nicht lesen, zu nervös. Im Fernsehen: ein Dokumentarfilm über Armenien, eine Koch-Show, eine weich gespülte Ältere-Frau-trifft-noch-älteren-Mann-Komödie und «Wie vermeide ich Plastik?» – Damit war zu rechnen, steht in allen Ratgebern (von denen es in der Bücherei fast so viele gibt wie Kochbücher, enormer Bedarf offenbar), mit diesen Unruhe-Zeiten, gerade dann, wenn man denkt, es sollte überstanden sein. Was den Menschen mit Alkoholproblem vom Normalen unterscheidet: Er hat sich geirrt. 24 Tage, dazwischen fünf Mal scheiß drauf, wie Herbert sagen würde. Könnte ich auch selber sagen, aber kann ich eben nur mit Alkohol; das innere Erlangen.

Ratgeberrat: sich beobachten, die Auslöser markieren und vermeiden oder durch Aktivität aushebeln (Küche putzen). Der Widersinn: Wenn man sich selbst beobachtet, kommt man ja gerade nicht raus aus dem Theater bzw. nur rein in die eigene Grube. Und die Auslöser kommen ja eben von außen, sind also nicht berechenbar. Z. B. ein Knacken in der Waschmaschine, und dann ist Schluss. Herbert war hier, nachbarschaftliche Solidarität, Hartz IV in Liebenswert, aber auch mit ziemlich muffigem Geruch. Und einem Flachmann in der Jackentasche. Es braucht ein neues kleines Teil, vielleicht, und dann läuft es wieder, er muss es nur irgendwo besorgen, das winzig kleine

Teil. Und sich erst mal setzen. Und einen Schnaps trinken, aufs Gelingen oder aufs Ungelingen, wie es kommt. «Willste nich?» Käme komisch rüber, sagt man sich, würde ein Thema setzen. Lieber zwei kleine Gläser auf den Tisch und es bei einem gut sein lassen.

Geht aber nicht.

Der Auslöser kann die Aufregung sein, die Waschmaschine ist ja keine kaputte Standleuchte, die man einfach aufgeben kann (um die würde Herbert sich auch kümmern, aber das bringt ja wieder Schnaps). Aufregung ist so ein Schutzbegriff, was ist «hinter der Aufregung»? Verzweiflung, z. B., oder Angst oder auch nackte Wut. Eine Frau kann nicht ohne Waschmaschine sein in einem Ort, wo es nicht mal einen Waschsalon gibt. Also gehe ich ins Gemeindehaus, das kann ich ein paarmal machen, da drücken sie ein Auge zu, und dann noch ein paarmal, da drücken sie beide Augen zu, und dann ist keins mehr da und Bölke sagt, dafür müsste ich Verständnis haben, ich weiß ja, du tust viel für die Gemeinschaft, aber. Papa anrufen?

Würde vermutlich funktionieren. Stellt meinem Leben aber ein Zeugnis aus, das ich vermeiden will, eher um seinetwillen, bilde ich mir ein. Die Überweisung vom Juni ging für Medikamente und die neue Kurbelwelle drauf; dafür, sagte Hedi (aber danach!), hätte ich mir auch ein neues Auto kaufen können. Was man so redet, wenn es auf einen Hunderter nicht ankommt. Dabei war das Geld für «etwas Hübsches nebenbei» gedacht, eine Formulierung, wie sie zu ihm und Mutter passt, generöspatriarchal, die Frau, die sich opfert für das Behagen der Familie, soll sich auch, hin und wieder, «was Eigenes» leisten, ein Wochenende in Florenz mit einer Freundin oder ein Prada-Täschchen. Er kann nicht mehr begreifen, dass ein Mitglied seiner Familie in eine Klasse abgerutscht ist, die für ihn lebenslänglich unsichtbar war, allenfalls Personal der vermischten Meldungen: Mann, 45, Hartz IV, ermordet Frau und Kinder. Seine Bundesrepublik ist ein Sozialstaat, seine Kinder sind Akademiker, alles andere wäre auch ungehörig, und die Welt passt in die FAZ. Das geflochtene Goldarmband hat 400 gebracht, was lächerlich ist, wie auch Hedi sagen würde, aber da hat mich, beim Verschmerzen, die Marx-Schulung erleichtert, oder was ich noch erinnere vom Gebrauchs- und Tauschwertkapitel. Bildung hilft.

Lizzy schläft, wie fast den ganzen Tag. Was gut ist, weil ich sie so aus ihren Albträumen wecken kann. Sie ruht mit einem halb geöffneten Auge, man sieht die Pupille hin u her schleudern, die Beine zucken wie unter Strom, und hin u wieder, man kann es nicht anders sagen, entringt sich ihrer Brust ein schmerzlicher Seufzer. Kurz bevor sie erwacht, fiept sie wie in höchster Not. Ich koche ihr frische Rinderleber und was mir Ben noch in die Tüte packt an Fleischresten, manchmal wacht sie auf, von dem Geruch, u schleppt sich zum Herd, so taumelig, als würde sie nichts mehr sehen. Vorgestern stieß sie mit der Stirn an den Sessel, ein Hindernis, das sie vor unlösbare Aufgaben stellt. Sie blieb so stehen, minutenlang, dann legte sie sich wieder hin. Tag und Nacht lösen sich auf, aber auch das Gefühl für den Raum; sie scheint nicht mehr zu wissen, wo sie ist. Ich trug sie zu ihrem Napf, sie ließ den Kopf darüber pendeln, hin u her, und rollte sich daneben ein. Ulrike schlug vor, ihr Prozac zu geben, zerkrümelt ins Fressen (das sie ja kaum zu sich nimmt), sie habe keine Erfahrung damit, aber von einer Kollegin aus Frankfurt gehört, dass das «Ergebnisse zeigt». Ich erstarrte, worauf sie zu einem Monolog ansetzte, was ein Hundeleben noch lebenswert macht, Verantwortung, Willkür der Grenzen, eigene Bedürfnisse etc. Sie habe auch schon Bandscheiben operiert. Aber hier gehe es um Senilität und Altersdepression. Dann holte sie aus der Schublade eine angebrochene Schachtel, füllte ein paar Pillen in ein Tütchen und schob es mir rüber, vielleicht hat sie meine Erstarrung als Angst vor den Kosten gewertet. Dabei sah ich mich schon mit den weißen Bröseln in der Hand den lächerlichen Kampf kämpfen, ob ich sie in meinen oder ihren Napf streuen soll.

Zum Schluss drückte sie mir einen «Informationsbrief zum Thema: Abschied von Ihrem Liebling» in die Hand; ich steckte ihn in den Rucksack, der neben mir stand, die friedlich schlummernde Lizzy auf meinem Schoß. Dabei weiß ich ja von Hedi, was auf mich zukommt. Ulrike kommt ins Haus, es gibt eine Beruhigungsspritze und dann das finale Gift, auch gespritzt, in den betäubten Körper. Ich könnte Lizzy neben Budde in ihrem Garten beerdigen, am Rand des Grundstücks liegen ein paar kleine Findlinge herum, ich könnte mir einen aussuchen. Bei Buddes Beerdigung waren wir zwölf, fast die ganze Truppe aus der Hundeschule und Holte-Breck mit seinem Akkordeon, was gut war, denn ich hätte uns nicht singen hören wollen.

Um ihren Auslass gebrachte Energie: Meine Märsche fehlen mir, umso mehr, als der Tag nun länger geworden ist. Statt gegen Mittag ins Graue zu dämmern und mit den üblichen Verrichtungen (Blick in den Spiegel vermeiden, Kaffee, gr. Glas Alka-Seltzer, Joghurt für den Magen, liegen, liegen –) den Selbsthass anzukurbeln, wache ich nun auf, bevor der Rest der Menschheit daran denkt, u kämpfe mit dem Selbsthass ohne Grund. Habe versucht, ihr eine Art Nest im Rucksack zu bauen, so dass sie herausgucken kann, dachte, dass sie sich wie ein

Baby schaukeln lässt, stellte mir vor, wie ich sie durch die Gegend trage, ihre neuronalen Netze wieder wach werden von den tausend Gerüchen in der Luft, den Stimmen ihrer fernen Kumpel auf den Gehöften. Aber sie geriet in Panik, als ich sie auf den Klumpen zerknüllter Zeitungen und ihre Decke setzte, und strampelte sich heraus mit einer fast gespenstischen Kraft.

Mit allgemeinem Klopfen der Fingerknöchel auf den resopalbeschichteten Tischen, einem matten, unrhythmischen Geräusch, ist die Zusammenkunft beendet. Spyros bewegt seinen mächtigen Körper behände, beugt sich zu Mora hinunter und sagt: «Kommt doch mal vorbei, lasst uns mit den Buben zusammen essen!» Ein Hauch Rasierwasser, gemischt mit Knoblauch, entfacht eine Mischung aus Verlangen, Heimweh und Lebenslust; im Garten seines Lokals haben sie scharf gegrilltes Fleisch und warmes, flauschiges Brot gegessen, die Jungen flappten giggelnd Uno-Karten über den Tisch, und der Himmel erschien, nach vielen Karaffen Weißwein, wie von van Gogh gemalt, ein dunkelblaues Firmament mit flimmernd zitronengelben Sternen, weit aufgespannt. «Ich würde gern», sagt sie, das letzte Wort unwillkürlich betonend. «Aber Ben geht mit uns eigentlich nirgendwo mehr hin.» Seine weiche, gepolsterte Hand wischt ihre Bedenken mit mediterraner Großzügigkeit ins Unendliche; er ist zu sehr Patriarch, um so einen pubertären Eigensinn überhaupt in

Erwägung zu ziehen. «Nächsten Mittwoch habe ich Geburtstag, das Lokal ist geschlossen, und es gibt Musik. Bringt Adriana mit.» Er neigt sich noch einmal herunter, sie tauschen zwei trockene Küsse auf die Wangen, und einen Moment lang möchte sie in dieser fleischigen, selbstverständlichen Männlichkeit versinken.

Neben Frau Schlupf hat sich eine kleine Reihe gebildet; Anständigkeit, leise Ungeduld und das Bedürfnis, unbedingt gehört zu werden, ringen miteinander. Mora steckt den Bleistift und die Stromrechnung, auf deren Rückseite sie ein überschraffiertes Portrait der unmarkanten Frau Schlupf gekritzelt hat, in ihre Tasche von Chloé und nimmt die große Treppe, deren schäbige Modernität sie an den majestätischen Ziegelbau denken lässt, in dem sie zirpend, schwatzend und stolz ihre wissbegierige Jugend verbrachte. Damals hielt man in Jugoslawien Jugoslawien für den begehrenswertesten Teil der Welt; eine wilde, reiche Melange aus antiker Würde, sozialistischer Gerechtigkeit und tapferem Antifaschismus, gewürzt mit Oleander und Thymian. Schon als sie in die taube Hitze tritt, die am Ende dieses Tages über der riesigen Asphaltfläche liegt wie ein Verhängnis, sieht sie die Frau, nun ohne Trenchcoat, an den verwaisten Fahrradständern stehen; ihre ein wenig zu kurzen Beine in faltigen, hellen Hosen, die an den schweren Knöcheln enden. Sie drückt mit beiden Händen eine Ledertasche vor den Bauch, groß genug für Klassenarbeiten und etwas, woran sie sich festhalten kann. Als Mora ihr Fahrrad aufschließt, zu der schwarz ummantelten Kette heruntergebeugt, die mehr wiegt als ein Dreijähriger, hört sie die Stimme, von Nervosität perforiert. «Entschuldigen Sie, kann ich Sie wohl einen Moment sprechen?»

Die Frau kommt nicht aus Bayern, sie ist eine Zugezogene, wie sie. Mora legt ihre Tasche in den Korb, eine Geste wie eine Einladung zu einem längeren Gespräch, die sie sofort bedauert. Zu spät, um die Sonnenbrille aufzusetzen. «Ja?» Sie ist wahrscheinlich noch aufgeregter als die Delinquentin, zu sehr, um irgendetwas anderes zu fühlen als Beklommenheit, so, als sei *sie* die Schuldige, die nun um Schweigen oder Verständnis betteln muss. Scham steckt an.

«Ich weiß, Sie haben mich wiedererkannt. Ich habe so etwas noch nie gemacht, ich weiß nicht, was über mich gekommen ist.»

Sie zwingt sich, nichts zu sagen; zugleich weicht sie dem werbenden Blick aus, der aus diesem großen, unruhigen Gesicht ihre Nähe sucht.

«Ich bin erst vor einem Jahr aus Hildesheim hierhergekommen. Mein Vater ist gestorben, ich habe ihn gepflegt, Sie kennen das vielleicht, es macht einen fertig, zum Schluss habe ich ihn manchmal angeschrien, ich war überhaupt nicht mehr ich selbst. Ich habe eine Therapie gemacht, also, ich war in so einer Selbsthilfegruppe, das hat geholfen, aber wie schlecht es mir geht, das habe ich erst begriffen, als ich hier war, ich bin wegen einer Freundin gekommen, aber wir haben uns nicht mehr verstanden, und jetzt wohne ich in einer Wohnung auf dem Dorf, da gibt es nichts, nur eine Tankstelle an der Ausfallstraße nach Landshut, es ist zum Verrücktwerden.»

Die Frau stülpt ihr Unglück über sie, damit sie nicht

mehr denken kann; bei dem Wort «Freundin» merkt Mora, wie sie sich zusammenzieht, als wäre das ein Antrag. Ein unkörperlicher Ekel schnürt ihr den Atem ab, sie ist unfähig, die Regie zu übernehmen; ihre Kraft verbraucht sich darin, nichts zu fühlen.

«Ich habe nun diese Stelle bekommen, und jetzt wird es anders, das verspreche ich Ihnen. Ich habe die Tücher noch, die liegen alle bei mir, gar nicht getragen, ich brauche sie ja überhaupt nicht, ich bringe sie Ihnen zurück. Wenn Sie etwas sagen und ich rausgeschmissen werde, ich weiß nicht, was ich dann tun soll, ich würde nirgendwo anders angestellt, und ich mag Kinder, ich bin eine gute Lehrerin, die ganze Schule hat für mich gesungen, als ich damals aufhören musste, um meinen Vater zu pflegen, sie haben ein Lied geschrieben für mich –. Ich komme morgen Nachmittag, ich kann um fünf Uhr da sein, ja?»

Sie macht einen Schritt zurück, eine Überrumpelung in den Abschied, um jeden Widerspruch zu vermeiden. Mora spürt eine überraschende Dankbarkeit, dass die Frau nicht versucht, ihr die Hand zu geben oder ihr eine andere Art von Berührung aufzunötigen; es ist noch immer so hell, dass sie die Augen zusammenziehen muss. Und sie sieht, ohne sich zu rühren, wie die Frau sich entfernt und mit ihr ein dunkler Klumpen Beschämung seine Konturen verliert, sich auflöst und sie selbst in eine mechanische, benommene Tauglichkeit entlässt, mit der sie sich auf ihr Fahrrad setzt und den letzten Erwachsenen zuwinkt, die aus der gläsernen Schultür in den Sommerabend gehen.

Selma Craiss 27. 8. 2014, 6.55
An: b.melker@yahoo.de

Betreff: unser Ding, unsere A.
Liebe Bettina, habe versucht, Dich anzurufen u muss gleich los, also kurz ein paar Zeilen über den aparten Stand der Dinge. Unsere kleine Rettungsaktion hat sich anders entwickelt als gedacht, obwohl, wenn ich es recht bedenke, es vielleicht genau so gekommen ist, wie man es erwarten konnte o wie wir es erwarten konnten. Angelika ist nicht nach Hause gekommen, also in Asjas Wohnung, u wenn ich mich nicht täusche, ist der Grund ein Schotte, der auch etwas von Jane Austen versteht. Könnte ein Anlass zur Freude sein, allein, mir fehlt der Glaube. Ich bin kurz nach Mitternacht los, da war es noch eine Runde von sechs oder sieben Leuten, aber es kommt eigentlich nur dieser Alasdair infrage, den ich immer für schwul gehalten habe – woran man mal wieder sieht, was von meinen Intuitionen zu halten ist. – Muss gleich zur Metro, zweiter Tagungstag, unsere Angie hatte gestern schon ihre Keynote (sehr gut), hoffe, sie kommt trotzdem u ist nicht schon ins Land der Schafe gezogen. Deine S.

DREI TAGE IM HERBST

Bettina Melker 2.10.2014, 8:43
An: Kupfer.s@aol.com; hub.erta@privatpost.de
cc: moracosta@privia.com

Betreff: der Oktober, der ist
Liebe Drei, Johannes fährt wahrscheinlich mit, in jedem Fall kommt mindestens eine Person aus Berlin um 18.49 am Bahnhof an (den ich in ziemlich trostloser Erinnerung habe). Wenn mich/uns jemand abholen könnte, wäre das toll! Ich habe für 9 einen Tisch im sehr deutschen «Böhmerkeller» bestellt, der hatte mal eine gute Kritik in der FAZ, falls das für jemanden von Euch nicht passt, gäbe es noch einen nobleren Italiener – dann bitte Bescheid. Habe den neuen Piketty besorgt. Wenn jemand mit Auto sich um Champagner kümmern könnte? Wir sind im «Viktoria» am Markt, Fachwerk at its best. Freue mich auf uns! Bettina

Ein langgezogenes Jauchzen ist das Erste, was Georgs Bewusstsein zu fassen kriegt, zwei-, dreimal wiederholt. Dazwischen ein hoffnungsvoller Ruf, unterlegt vom üblichen Gezwitscher und einem Rascheln, das vom Wind in den weit verzweigten Linden vor seinem Fenster oder auch von festen kleinen Füßen in gepolsterten Sneakern herrühren mag, quer durchs Laub. Von fern ein Martinshorn, das aber so schnell wieder weg ist, als wäre es kein Alarm, sondern ein Irrtum gewesen. Sebastian hat einmal erzählt, dass sie als Zivildienstleistende beim Krankentransport die Sirene einschalteten, damit das Abendessen, das sie sich bei einem dieser Grillwagen besorgt hatten – die damals «Schnelle Hexi» hießen und nicht «Zaddy's» oder «Meraba» –, noch heiß war, wenn sie ankamen. Über viele Jahre war das ein Familienscherz; niemand von ihnen dachte beim Martinshorn an einen Unfall oder einen Herzinfarkt, irgendeiner sagte immer: «Da wird ein halbes Hähnchen gefahren.»

Die Kurve menschlicher Laute neigt sich schon wieder; die Kinder haben sich in den Teil des Grundstücks zurückgezogen, der näher an ihrem bunt bemalten Hort und weiter von seinem Schlafzimmer entfernt liegt. Aber er erkennt, wie jeden Tag, deutlich die Stimme seines kleinen Freundes, der mit immer gleichem Tatüüü-Tataaa!

seine vergnügten Linien durch die amorphe Gruppe zieht; er hat ihn nie ausgemacht, doch stellt er sich aufgrund der unbeirrten Kraft, mit der dieser Sänger seine Rufe schallen lässt, einen selbstbewussten Racker vor, kein irgendwie gestörtes oder autistisches Kind, von deren Sorte es, den Nachrichten zufolge, immer mehr zu geben scheint. Seit man die Lastwagen aus den Wohngebieten verdammt hat, bis auf die Transportautos der Supermärkte, die ihr Geschäft diskret in den frühen Morgenstunden erledigen, gibt es nur noch dieses feine Rauschen, das von der großen Straße herüberzieht, und hin und wieder das Schnarren eines Rollkoffers. Das sind die einzigen Geräusche in diesem zeitlosen, an eine idyllische menschliche Ewigkeit gemahnenden Hörspiel, mit dem Georgs Morgen beginnt – bis auf die Wochenenden, an denen das körnige Rauschen einer Heckenschere oder das dumpfe Geläut von St. Augustin ihn in den Tag schickt mit einer lauernden, kleinen Angst.

Seit ihm klar geworden ist, dass das Aufwachen in diese wohlsituierte Samstagsstille hinein ihm Anfälle von Altersdepression beschert, stellt er sich den Wecker für diesen Tag auf acht Uhr und erledigt in einem kompakten Ablauf alles in bewährter Reihenfolge: zum Fitnesscenter, wo er das Laufband und ein paar Geräte nutzt, dann in die Dampfsauna und unter die Dusche. Das Center ist sauber, stark frequentiert und teuer; es gibt sogar einen anständigen Kaffee und ein paar ordentliche Zeitungen in der Lounge, wo man durch die gläsernen Wände jungen Menschen dabei zusehen kann, wie sie ihre ohnehin straffen, wohlgeformten Körper mit heiligem Ernst zum

Schwitzen bringen. Danach geht er in den Supermarkt in demselben Gebäudekomplex, einer bescheidenen *Mall*, wo er auch seine Zigarillos kauft, einen ansprechenden Whisky und, einmal im Jahr, eine Batterie für seine Uhr. Er fährt nach Hause, verstaut seine Einkäufe und nimmt dann den Bus in die Stadt, wie er in Gedanken immer noch sagt, in dieses armselige, verschmuddelte Zentrum, im Vergleich zu Regensburg mit seinen Bogengängen, seinen schmucken Plätzen voller Cafés und Touristen und dieser gepflegten Unzahl von Juwelieren, Boutiquehotels und sogar Papeterien. Handgeschriebene Briefe findet er kaum noch in seiner Post, und wenn, sind es Todesanzeigen, auf deren Rückseite ein paar Sätze dem Endgültigen noch etwas Improvisiertes, Lebendiges abringen sollen. Er geht in die einzige Buchhandlung, die ihr Geschäft nicht auf Bildbände und Verlegenheitsgeschenke oder auf theologische Literatur konzentriert. Die Buchhandlung seiner Jugend überlebt in der gewundenen, langen Straße hinter dem Rathaus, die Ortskundige zum Parken nutzen, zwischen einem Nagelstudio und einem asiatischen Imbiss. Inzwischen leitet sie der Schwiegersohn des Gründers, der in seinem Bartschnitt, aber auch seiner Einkaufspraxis dem Geschmack des Alten folgt, dem Georg die Bekanntschaft mit Brecht, mit Fleißer, mit Sartre und Hemingway verdankt; in seinem Gymnasium für Knaben unbekannte oder auch unerwünschte Namen. Im hinteren Teil, dem literarischen Antiquariat, deckt er sich nach und nach mit Büchern ein, deren Autorennamen ihn durch Fremdheit faszinieren; Yourcenar, Montherland, Ibargüengoitia, oder bei deren Klang ein blinkendes

Glöckchen läutet, sich eine Erinnerung regt, wie Graham Greene oder Malaparte. Mit so einem Exemplar, in dem ein mit Bleistift notierter Preis häufig noch einmal nach unten korrigiert worden ist, so dass es weniger kostet als ein Glas Wein bei seinem Italiener, fährt er wieder nach Hause, in einem beizenden Gefühlsgemisch aus Schuldbewusstsein – wie kann der Laden überleben mit Kunden wie ihm? – und festlicher Freude auf den ununterbrochenen Nachmittag, in dem er sich von den Abgründen der französischen Bourgeoisie in der Zwischenkriegszeit oder vom Handwerk der Spionage vor Erfindung des Internets erzählen lässt.

Diese Stunden zählen zu jenen, in denen er Dorothea ausdrücklich nicht vermisst; das wurde ihm klar, als Bettina bei ihrem letzten Anruf – nicht aus Konvention, die ihr ohnehin nicht liegt, sondern aus ehrlichem Interesse – fragte, was er gerade las, und ihm in Erinnerung kam, wie schmallippig er seiner Frau solche Erkundungen, mit den Jahren erfolgreich, abgewöhnt hatte. Wie von einem Buch erzählen, in dem die Handlung, anders als bei den meisten Filmen, das am wenigsten Interessante war? Oder sich jedenfalls nicht so erzählen ließ, dass aus Duft, Fleisch und Selbstvergessenheit am Ende mehr übrig blieb als eine Ansammlung bleicher Knochen?

Es fehlte Dorothea nicht an Intelligenz, das zu verstehen, aber an Erfahrung; sie war eine Leserin, für die Lektüre einen Teil von Repräsentation darstellte; etwas, was man absolvierte wie die wichtigen Premieren am Theater – das redselige Gegenteil seines stummen Eskapismus. Vielleicht auch deshalb hat er in den Jahrzehnten ihrer Ehe vor allem historische Bücher oder Biographien gelesen und weiß so mehr über den Dreißigjährigen Krieg und die Präsidenten der USA, als er sich je hat träumen lassen. Auch dieses Wissen ist nutzlos geworden. Er führt keine Unterhaltungen mehr, in denen es einen Unterschied macht. Seine Telefonate mit Manfred, dessen Frau noch lebt und ihn alle paar Monate auf eine Reise entführt, zu den Barockstädten Siziliens oder die alte Seidenstraße entlang, beschränken den Austausch über die Welt auf kaum zu Ende gesprochene Sätze; Signale, dass der andere noch auf dem Posten ist. Ins Detail geht es allenfalls, wenn in einer alten Dienststelle ein höheres Amt neu vergeben wurde und ein Bewerber beteiligt war, den sie beide noch kennen. Ihm fällt auf, dass Manfreds Wohlwollen – ohnehin nie seine größte Ressource, aber doch zuverlässig schimmernd unter einer angenehm scharfen Kruste von Ironie – seit ihrem Ruhestand kontinuierlich nachlässt, und er beobachtet sich wie ihn in ihren Gesprächen scharf. Er will nicht zu einem dieser bestens versorgten Pensionisten werden, denen die Gegenwart es nicht recht machen kann.

Vor den allzu vielen Tagebüchern Thomas Manns, die er vom Bett aus sehen kann, lehnt die Todesanzeige von Ingrid, *1903, †1997, mit dem Foto eines Holzlöffels darauf; das ursprünglich kinderfaustgroße Ende abgenutzt zu einem münzengroßen, beinahe ovalen Stück. In ihrer Trauerrede erzählte seine Kusine Ursula, mit Tränen und Schüchternheit gleichermaßen kämpfend, wie sie ihrer Mutter einen neuen Kochlöffel mitgebracht und Ingrid, weit über achtzig und beinahe blind, die Erwerbung mit nichts als zähem Kopfschütteln bedachte. Unzählige Portionen Suppe, Eintopf, Kartoffelstampf hat dieser Löffel gerührt, das Scheuern auf Emaille, auf Blech und später Edelstahl seine Kelle zu einem Stumpf geformt. Neben Ursula hatte er damals in der Eckbank aus unlackiertem Holz gesessen, auf der zum wohligen Schutz ihrer ungepolsterten Kinderhintern eine Auflage mit kariertem Baumwollbezug Gelegenheit zum Schubbern gab, und diese warmen, breiigen Gaben empfangen. Das war, genau genommen, gestern. Ihr Geruch nach Seife und muffiger Wolle, ihr glattes, mausfarbenes Haar, ihr sich vordrängender, spitzer Eckzahn hatten ihn mit brüderlichem Begehren erfüllt, noch einmal in seiner Brust mit sanften Schwingen flatternd, als sie nebeneinander mit sicheren, aber unschönen Stimmen «Geh aus mein Herz, und suche Freud» in die Aussegnungshalle schickten. Sechzig bundesrepublikanische Jahre hatten aus ihm inzwischen einen wohlbestallten Herrn im gut sitzenden, schwarzen Anzug gemacht; Seidenkrawatte, Limonenduft, scheckheftgepflegtes Gebiss. Ursula hatte sich, womöglich für diese Beerdigung, rötliche Strähnen machen lassen und kaschierte ihre zerfließende Fülle in einem schwarzen Oberteil mit Schleife, das über den dunkelgrauen Rock fiel, der beim Sitzen ihre Knie in durchsichtigen Strümpfen freigab; ein wenig platte Knie mit knotigen Erhebungen. Ihre Pumps aus Lackleder waren zu eng und drückten das Fleisch heraus; der Spann war so hoch gebogen und elegant wie damals, als er, nach dem Bad in der Wanne aus Zink, ihre Füße trocken rubbeln durfte, «auch zwischen den Zehen!» Wenn sie sich auf die Lippen biss, wie zu Beginn ihrer Rede, sah man die Spitze des Zahns, Bote aus einer Welt, die toleranter war mit Schiefständen aller Art. Damals saßen Männer seines Alters in den Kneipen um tellergroße Aschenbecher aus Glas zusammen, gaben Bier und Korn als Zwillingsbestellung auf, und die Hosen wuchsen mit dem Alter in der Taille. Rechtsanwaltsgehilfin, das war in ihrem Milieu eine Erhebung. Mit den Händen Papier in die Schreibmaschine spannen, statt alten Menschen eine Windel anzulegen oder in einer Werkskantine Bratensauce aus dem Würfel anzurühren, das konnte als ein Versprechen gelten, auf ein feineres, gepflegteres Leben und eine andere Sorte Ehemann. Aber die Verlobung mit dem Außendienstler einer Versicherung – er erinnert sich an einen kornblumenblauen Anzug und an ein helles Gesicht mit verwaschenen, ungesunden Zügen, wie ein missratener Bruder seiner selbst – löste sich in einem Nebel von Vorwürfen (Untreue? ein Kind mit einer anderen?) rückstandslos auf, und nichts Beständiges kam nach. Sie blieb bei ihrer Mutter im Hort seiner frühen Jahre, einem zu klein geratenen Gehöft ähnlicher als einem Einfamilienhaus, der große Garten halbiert. Auf dem als Bauland verkauften Stück (aufgegangen in einer Kreuzfahrt und, wie er hofft, soliden Papieren) nun eine Siebzigerjahre-Scheußlichkeit mit weißen, glänzenden Klinkern und scharf beschnittenen Tujagewächsen wie eine düstere Wachmannschaft drum herum.

Seine Kusine und er tauschten Geburtstagskarten aus und telefonierten am Heiligen Abend. Während bei ihm drei Kinder durch buntes Geschenkpapier wateten, lief dort im Wohnzimmer die Übertragung aus dem Petersdom im Hintergrund, die unendlich müde Stimme des jeweiligen Papstes die Segenswünsche in allen Sprachen der Christenheit herunterleiernd. Er schickte Baumkuchen und Liköre, dezent gemusterte Tücher aus Wolle, Jahreskalender mit Ansichten von fränkischen Schlössern und Seen, die Autobiographie von Hildegard Knef. Sie schickte jedes Jahr ein Sortiment Lakritz aus der städtischen Fabrik, von dem er pflichtschuldigst eine Stange zerkaute, wonach der Rest im Küchenschrank hart wurde, bis Dorothea ihn entfernte; niemand in der Familie mochte den Geschmack. Seine Liebe schwebte in einer Kapsel, deren Umrisse er spürte, wenn es nach warmer Milch oder dicken Bohnen roch (das eine kam in den ersten Jahren seiner Kinder vor, das Zweite nur einmal, bei einer Fachtagung zur Gebietsreformnovelle im Münsterland), und die sich zu allem Tatsächlichen so unempfindlich verhielt wie ein perfekt implantierter, künstlicher Zahn zu seiner kariösen Umgebung.

Als Dorothea ihm begegnete, waren Ursulas und seine Welten längst geschieden. Einmal im Vierteljahr besuchte er als Student der Jurisprudenz das krumme Haus zum Sonntagnachmittagskaffee, eine Fahrt mit der Eisenbahn von einer Dreiviertelstunde, brachte Grüße von seiner bettlägerigen Mutter und seinem ihr Gesellschaft leistenden Vater (damals fand er ihr wortloses Beieinandersein deprimierend, inzwischen räumt er ein, dass sie es vielleicht auf eine trübe, bescheidene Weise genossen) und aß, je nach Saison, Obst- oder Marmorkuchen. Ihre Entfernung voneinander, in Aussichten und Ambition, anzusprechen oder zu verhandeln, war im knisternden Dämmer dieser vier Wände auf eine schwer fassbare, doch entschiedene Weise ausgeschlossen. Eine Badewanne aus Porzellan, frisch installiert, der Einbau einer Zentralheizung schon im kommenden Jahr waren die Themen; es gab eine Zufriedenheit mit dem Unmittelbaren, die aus Fragen zu Ursulas beruflicher Zukunft eine Taktlosigkeit gemacht hätten, eine indirekte Art von Kritik. Einmal erwähnte er die Möglichkeit, das Abitur an einer Abendschule nachzumachen, und sie erinnerte ihn mit burschikoser Zärtlichkeit daran, dass er ihr schon bei den Rechenaufgaben in der siebten Klasse hatte helfen müssen.

Sie war ihm so vertraut, und er hielt sie zumindest für lebensklug. Die heiteren, zum Zeitvertreib amerikanischer Hausfrauen gedachten Romane im «Reader's Digest», der inzwischen einen Meter im Wohnzimmerschrank belegte, zwischen Tierfiguren aus buntem Glas und den gerahmten Familienfotos (sie beide vor dem Haus, er in kurzen Hosen, mit ernstem Gesicht, sie in einem gestrickten Glockenrock, fest den Arm um seine Schulter gelegt), bewertete sie als «läppisch», stattdessen erzählte sie mit Leidenschaft von Reportagen in der Wüste oder der Unterwasserwelt; eine Sehnsucht, die nicht nach Erfüllung verlangte, sondern der sie auf der senffarbenen Couch, zwischen selbst bestickten, dicken Kissen, nachgehen konnte. Die Mannigfaltigkeit der äußeren Natur, für ihn eine neutrale Gegebenheit, die ihm weder Entzücken noch Erstaunen entlocken konnte, vielleicht, weil der Mensch – damals nahm man das in seliger Unschuld jedenfalls an – auf sie keinen Einfluss nahm, war für sie, vielleicht aus denselben Gründen, eine Verheißung und

Quell wissbegieriger Freude. Zur Mondlandung telefonierten sie. Huberta und Bettina saßen vor dem Fernseher mit seinen schneeverwehten Bildern, Sebastian, seinen speichelgrauen Teddybären vor der Brust, bei Dorothea auf der Couch, während die Hüterinnen seiner Kindheit, ein paar Hundert Kilometer entfernt, diesen gespenstischen und rührenden, stolpernden Triumph der Menschheit im Radio verfolgten. Es gab weniger Superlative in dieser im Rückblick übersichtlichen Epoche kantiger Helden, weniger Unfug (zehn Jahre später würde Sebastian die Familie mit Scherzfragen über die längste Theke der Welt, die Kuh mit den meisten Kälbern quälen) und eine säkulare Andacht für die Männer im Mond, die sechshundert Millionen Menschen eine gemeinsame Gegenwart spendierten; eine Erinnerung, die ein Leben lang anhalten würde.

Dorothea trug an diesem Abend ein Cocktailkleid aus blauer, gemusterter Seide, ärmellos – auch solche sanft geschwungenen Rundungen gibt es heute nicht mehr, selbst junge Frauenarme sind «definiert» –, und sie tranken Sekt, nachdem die Kinder, verwirrt und begeistert, ins Bett getorkelt waren. Dass die Russen verloren hatten in diesem prestigiösen Wettlauf, erfüllte sie mit Genugtuung; die verschorfte Oberfläche einer kindlichen, blutwarmen Angst, deren Ausläufer er umfangen und behutsam streicheln, deren pochende Mitte er aber nie erkunden durfte. Eine lebenslange Scheu, in eiserner Koalition mit ihrer häufig beduselten Mutter, hatte die Verwaltung eines Flüchtlingstraumas geheimen Kammern im Gehirn übertragen, aus denen es in diskreten

Dosen in ihrer beider Alltag sickerte. Treck aus dem Osten, das war das familiäre Stichwort, zu dem es keine Erläuterungen gab, so dass das Beschwiegene sich diffus und unaufhaltsam ausbreitete. Ein opakes Verhängnis, zu dem ein Piccolo am Morgen für seine Schwiegermutter ebenso gehörte wie das Erstarren ihrer Tochter, seiner Frau, bei einer abrupten oder drängenden Bewegung – sein Knie, das ihre Beine auseinanderschob, seine Hand in ihrem Nacken zu einem Griff geformt. Alkohol half, konnte aber auch zu schluchzenden Erschütterungen führen. In den letzten Jahren ihrer Ehe gab es kein Weiden mehr auf grüner Aue; Polypen an den Eierstöcken waren ein willkommener Anlass, dieses Kapitel zu beschließen. Ihr Anblick, als sie aus der Narkose erwachte – bleich, aber mit der lauteren Erleichterung eines Schulmädchens, das eine Aufgabe nicht brillant, doch irgendwie erledigt hatte –, entließ auch ihn. Am letzten gemeinsamen Weihnachtsabend, soweit er sich erinnern kann (Huberta ging im Jahr darauf nach Äthiopien, Bettina schleppte irgendwann Johannes an, der noch verheiratet war und ihr elterliches Misstrauen wegcharmierte wie ein Zauberer), entzündete sich ein für sie alle untypischer Streit; untypisch, weil die Koalition der Kinder einmütig war, über alle Eifersüchte und Konkurrenzen hinweg. Selbst Sebastian, der Hubertas Schaum und Furor über westliche Dekadenz, Nazis im Staat und das weltumspannende Patriarchat gemeinhin nicht kommentierte (sein feines, sprödes Gesicht, die spinnenlangen Finger, die wundersamerweise aus dem molligen Kinderkörper gesprossen waren und nun Zigaretten drehten), schenkte seinen Schwestern ein beifälliges Grinsen, als sie gemeinsam den ewigen Pfälzer als geschichtsvergessenen Deppen und, selbstverständlich, als faule Birne schmähten, eine Schande für die Republik. Es war ihm nicht gelungen, der «Gnade der späten Geburt» ihre Anstößigkeit zu nehmen, sie wollten diese naive Selbstauskunft als ein bestenfalls tumbes, vermutlich aber strategisches Ablöschen der Finsternis verstehen; «der Schoß ist fruchtbar noch, aus dem dies kroch», wie Huberta auftrumpfend zitierte.

Seht her, ich bin es selbst, hätte er sagen können, wäre das Sprechen von sich selbst bei ihnen je eine Währung gewesen. Kohl in Schutz zu nehmen, das hieße: sich selbst in Schutz zu nehmen und einen irgendwie würdigen Ort zu verschaffen in diesem glitschigen, besudelten Tableau der Nachkriegszeit, zwischen einem Vater, der zu alt war, um sich schuldig gemacht zu haben (doch hatte er je geforscht, welche Entscheidungen in einem Gesundheitsamt der Vierzigerjahre zu treffen waren?), und einer Tante in der Provinz, die für ihn sorgte, mütterlicher, als seine gemütskranke Mutter es je konnte. (Gemütskrank, das war in den Siebzigern, als Linke wie Horst-Eberhard Richter repressive Strukturen und die Verdrängung thematisierten, ein feiger Begriff; inzwischen findet er es, in all seiner geradezu landschaftlichen Größe, seinem sanften, respektvollen Abstandnehmen von den unerklärlichen Wegen, die der Kummer nimmt, ein gutes Wort.) Er wurde noch von Lehrern geschurigelt und gefördert, deren inneres Sparta erst mit ihnen dahingehen würde, keinen Atemzug vor ihrem letzten.

Die unbegreifliche Helligkeit, mit der Bettina ihre

krummen Pfade zieht, von der hochbegabten Studentin zu einer dozierenden Gelegenheitskraft, beinahe geschieden, wieder vereint, dazwischen die anspruchsvolle Sophie – ein rätselhaftes, metaphysisches Geschenk, die größte Unwahrscheinlichkeit in dieser Kette aus Ängstlichkeit und Schwermut. Als hätte die so gelungene Inszenierung einer intakten Familie mit all ihren Insignien – Ferien im Schwarzwald und am Timmendorfer Strand, gewissenhafter Besuch der Schulaufführungen und kleinen Hauskonzerte bei Fräulein Schwarzmann, Geburtstagsfeiern mit freundlichen Ritualen – sie nicht überzeugt, ohne sie zu enttäuschen. Schon als Teenager hatte sie für die Bloomsburys geschwärmt; zu ihrem sechzehnten Geburtstag war sie allein nach Worpswede gefahren, auf den Spuren einer Gemeinschaft, die aus leidenschaftlichen, aber fließenden Beziehungen bestand. Sie erscheint ihm eher wie ein Geschwister als eine Tochter; immer schon fortstrebend, eher paddelnd als schwimmend, aus der genetischen Ursuppe, der sie entstammt.

Er wird morgen lange durchhalten müssen. Den Wecker stellt er vorsorglich auf neun, aber er fürchtet, sein Organismus wird diese Extrazeit nicht nutzen. Schon in dieser Nacht ist er zweimal aufgewacht; das Medikament gegen die Reizblase hält nicht, was der junge ägyptische (arabische? jedenfalls nicht türkische) Arzt versprach. Oder es wird jene prophylaktische Unruhe sein, vor der Dorothea ihn durch *ihre* Nervosität bewahrte – dieses panische Beschwören eines Gelingens, das mit den Kindern wuchs und seinen Höchststand erreichte, als sie nur noch besuchsweise zusammenkamen; nachdem die getaktete, zugleich bewusstlose Wuselei für immer hinter ihnen lag. Und seit jedweder Partner ihrer Kinder ihnen allein durch sein Dabeisein eine Entfremdung verordnete. Das familiäre Auge war plötzlich mit einer Kamera bewaffnet, und es geriet zu einer Aufführung, was zuvor einfach der Alltag war.

Ihre Schwiegertochter machte Dorothea Angst. Moras Unbereitschaft, das Angemessene ohne eine leise Distanz zu tun, ihre wortkarge Art, hinter der Dorothea Geringschätzung oder gar Feindseligkeit vermutete. Und *ihre* emsigen, aber auch subtil herrschaftlichen Versuche, diese schwer bestimmbare Ferne zu der einzigen Schwiegertochter, die sie jemals haben würde – Huberta ließ etwas durchblicken, brachte aber keine Kandidatin, wofür er dankbar war –, zu überspielen, durch Geschenke, die feierliche Übergabe von Schmuck aus ihrer reichen Schatulle, durch die peinliche Beachtung von Geburtstagen und besonderen Ereignissen wie der Einschulung von Adriana.

Alles richtig zu machen, das war Dorotheas einziger und untauglicher Pfad. Sie war so darauf angewiesen, sich selbst als einen guten Menschen zu betrachten, dass ihr eigenes Ressentiment durch Begründungen verdeckt werden musste. Mikroaggression nennt man das heute, hat er aus einem Artikel in der «Süddeutschen Zeitung» erfahren. Er konnte ihr nicht begreiflich machen, dass das Bestehen auf Symmetrie (wer rief wie oft an oder zurück, wer schenkte was, wer bedankte sich mit welcher Pünktlichkeit) schon eine Art der Überwachung war. Und während

Moras geradezu bestürzende, aber niemals inszenierte Anmut (sie schminkt sich nicht einmal, soweit er seinem Blick trauen darf) sie bei der ersten Begegnung beide gleichermaßen in Bann schlug, trübte sich ihr durchaus stolzes Entzücken – auch gegenüber ihren Freundinnen war von «meiner Schwiegertochter, einer dalmatischen Schönheit» die Rede – bald durch Verunsicherung ein. Während er sich damit begnügen konnte, Moras sibyllinische Gegenwart als eine unverhoffte Gnade zu genießen.

Auf einmal ist es still geworden. Das zweite Frühstück der Kinder (er hofft jedenfalls, dass sie schon etwas im Magen haben, wenn sie am frühen Morgen den Garten besiedeln, zwischen Büschen und Klettergerüsten ihren Kindergeschäften nachgehen) ist das Signal für sein erstes. Aus dem Respekt, mit dem er seit Dorotheas Tod seinen folgsamen Körper in den Tag schickt – diese unfassbar sinnreiche Komplexität, der er niemals Beachtung schenkte –, hat sich eine kleine Furcht gereckt, ein Knorpel aus Angst, unregelmäßig geformt wie die Erhebungen auf Ursulas Beerdigungsknie. Noch unter der Decke spannt er seine Beine an und zieht die Fußballen nach oben, testet seine Spannkraft und prüft, ob es irgendwo beunruhigend knackt. Er hofft auf einen Infarkt; etwas Plötzliches, Endgültiges, bis dahin ein möglichst intakter Apparat – das Übliche. Bei Dr. Al-Baya, wenn er zwischen tapernden, erschlafften Männern seines Alters sitzt, wird ihm das Infantile dieser Zuversicht in vierteljährlicher Regelmäßigkeit klar; in der Klinik, nach seinem Bruch, war das Szenario noch bedrohlicher. Fast alle Bademantelträger, viele mit fahrbarem Tropf neben sich, waren in weiblicher Begleitung, während die Patientinnen, manche schlurfend, die Mehrheit mit aufmunterndem Blick, wenn sie aneinander vorüberzogen, ausnahmslos alleine waren. Sie sollen seelisch stärker sein; seiner Erfahrung entspricht das nicht unbedingt, aber ihre Lebenserwartung ist höher. Und die Rente niedriger. Hubertas unermüdliche feministische Erziehung ist nicht ohne Folgen geblieben.

Sie sind in ein Verhältnis gegenseitiger Fürsorge geraten, das ihn beglückt und verwirrt. Die robuste, pragmatische Art, mit der sie seine Entscheidungen befolgte, als er hier eingezogen war: die Regale nicht höher als seine Stirn, die Landschaftsbilder darüber, und alles Übrige – Kristallvasen, Frauenportraits von vergessenen Meistern der frühen Sachlichkeit und barocke Spiegel, das Silberbesteck und das komplette Meißener – aus dem Haus und zu ihrer Verfügung. Auch für die Bohrmaschine hatte sie Verwendung, als alles gedübelt und aufgehängt war. «Auf dem Land kann man alles brauchen, Papa.»

Er nimmt stillschweigend an, dass sie das Meißner nicht für das Flüchtlingsheim gespendet hat, aus dem sie inzwischen offenbar ihre Garderobe bezieht; verwegen gemusterte Tücher, die sie sich um die Stirn oder die breit gewordene Hüfte wickelt, und Schuhe, mit denen man bis nach Kurdistan laufen könnte. Als sie aus Äthiopien kam, hatte ihre Afrika-Begeisterung erst mal nachgelassen und sie bevorzugte Cordhosen, Westen und Männerhemden mit Stehkragen; wie Bettina ihm zu verstehen gab: ein Lockruf ans gleiche Ufer. Inzwischen sind sie beide wohl in die nachgeschlechtliche Phase eingetreten, seine älteste Tochter und er. Dabei war sie, nach Dorotheas Überzeugung, für die Mutterschaft prädestiniert; sie kommandierte gern, zog mit dem Nachbarshund herum und verhätschelte ihn, studierte hingebungsvoll die Berichte vom SOS-Kinderdorf, die um die Weihnachtszeit eintrafen. Inzwischen zeigt ihre Nervenstärke eine Dimension von Sturheit, die er darauf zurückführt, dass sie alleine wohnt und sich mit niemandem mehr arrangieren muss. Ihre letzte befristete Stelle war vor zwei Jahren ausgelaufen. Sie hat es ihm erklärt, allerdings verknäulten sich Worte wie Projekt, Förderungsrichtlinie und Strukturhilfe in seinem Kopf zu einer Aussichtslosigkeit, die wohl in ihrem Sinne war; er hat begriffen, dass sie kein Gehalt mehr bezieht und vermutlich auch keines mehr in Aussicht ist. Eine Ethnologin von Mitte fünfzig, die ihr Studium nie beendet hat, für deren rudimentäre Kenntnisse des Amharischen es in Hessen kaum Verwendung gibt und die zwar als Mediatorin tätig sein könnte (er hat die Fortbildung bezahlt und das Zertifikat in Händen gehalten), sich aber für wenig geeignet hält – «ich bin zu ungeduldig, Papa, und ich wirke zu *strange* für viele Leute» –, ist kein Hauptgewinn für den deutschen Arbeitsmarkt. Gelegentlich jobbt sie in einer Biogärtnerei; eine Frucht dieser Beschäftigung sind gelblich braune Eintöpfe, die sie in verfärbten Plastikbehältern mitbringt und die er nach einer höflichen Zeitspanne entsorgt.

Auch hier vermisst er Dorothea nicht; er ist froh, dass ihm Gespräche darüber, ob das ein missratenes, ein entgleistes oder bedauernswertes Leben ist, erspart bleiben.

Seine Kinder wären erstaunt, welche Erosionsprozesse sich hinter seiner Fassadenpflege ereignet haben. Die Infrastruktur muss funktionieren, hörte er sich neulich, zu seiner eigenen Überraschung, sagen, als Manfred das Scheitern seines ältesten Sohnes (geschieden, dritte Umschulungsmaßnahme) als Wehklage mit selbstgerechtem Oberton präsentierte, Biografien nicht. Des Lebens Murks, aus dessen geduldiger Beschreibung im Grunde die Literatur bestand, warum sollte er ihn und seine Familie verschonen? Wenn er, auf dem Weg zur Buchhandlung, an den Cafés und Gemüseläden vorbeigeht, vor denen beleibte Männer sitzen, die unermüdlich ihre Gebetsketten in den Fingern bewegen, während ihre Söhne in getunten Autos durch die Straßen brettern oder sich das Gehirn in den Shisha-Bars veröden, erfüllt ihn weniger ordnungspolitischer Argwohn als stummes, väterliches Mitgefühl. Die Stadt, in der er zum ersten Mal in einem Kino saß, die schweigsame Mia neben sich, so aufgeregt wie er, als seine Hand zu ihr hinüberkroch, als seine Zunge ihre Mundhöhle erforschte und eine warme, feuchte Explosion verursachte, diese Stadt ist versunken wie ihre Heimat. Ihre Dörfer in Anatolien werden zu Gespensterheimen, von den letzten Alten bewohnt und in der Sommerzeit zu einer kurzen Angstblüte gebracht. Ihm genügen die wenigen Orte, in denen seine Seele antrabt zu einer fröhlichen Erinnerung, weniger an ein Ereignis als an einen physischen Zustand; nie sieht er sich von außen, aber er spürt den erlebnisbereiten Knaben, der er einmal war, der Trümmer und Baustellen wie eine Kulisse fremder Vergangenheit durchstreifte und mit Umsiedlern und Vertriebenen in biblischer Selbstverständlichkeit den Platz im Bus und auf den Kirchenbänken teilte. Der Entschluss, nach Dorotheas Tod – ein letzter, blinder Seufzer inmitten einer Ansammlung von Geräten, die in der Nacht glommen wie eine Spielhölle – der Stadt den Rücken zu kehren, in der sie gelebt hatten, seit ihre drei Kinder in die stotternde Selbstständigkeit entlassen waren, und in der er ein würdiges Mitglied der Beamtenschaft gewesen war, Notiz zum Dienstende in der «Mittelbayrischen Zeitung» inklusive, setzte ihn kaum weniger in Erstaunen als seine Nachkommen und den sogenannten Freundeskreis. Er ereignete sich in seinem Inneren, als er, am Tag nach der Beerdigung, einen alten *Noir*-Streifen im Kino sah, Jean Gabin in einer Autowerkstatt; ölverschmierte Hände, gerippte Unterhemden, stoppelbärtige, proletarische Visagen. Auf dem Weg nach Hause die adventlich dekorierte Innenstadt, ein blinkendes, nächtliches Spektakel wie eine verkitschte Übertreibung der Intensivstation, dazwischen eingehängte Paare und wohlgelaunte Gruppen von Touristen in behäbiger Wohlhabenheit. Der Schwarz-Weiß-Film seiner Jugend, die mageren Gesichter, entschlossen in ihrer Verlorenheit, der Ernst der mächtigen, aus verrußtem Stein in den Himmel getriebenen Kirchen erschien ihm jählings als die passende Umgebung für seine letzte Lebensphase, von der er keine Vorstellung hatte – was ihm überraschend angenehm war. Tennis, Museumsbesuche und Abendessen mit anderen Paaren in gepflegten, aber nicht überkandidelten Restaurants, ein Kurs in französischer Konversation für die anstehende Tour zu den Loire-Schlössern: All das hatte der Streik der braunroten Organe unterhalb von Dorotheas Zwerchfell zunichte gemacht. Nierenversagen, so erklärte es der übernächtigte Arzt, nicht älter als Sebastian, aber spontaner, von fränkischer Herzlichkeit, sei eben schwer vorherzusehen. Dass diese faustgroßen, bohnenförmigen Gesellen nach jahrzehntelanger Rackerei zur Entsorgung von Alkohol und moderierenden Medikamenten – zur Beruhigung, zur Aufheiterung, gegen Schlaflosigkeit und Migräne – sich ohne Vorwarnung verabschiedeten, erstaunte ihn umso weniger, je mehr er über sie erfuhr, als er in den folgenden Nächten durch medizinische Aufklärungsportale surfte, einen toxischen Whiskey und ein ebenso ruchloses Zigarillo neben sich. Möglicherweise wäre Dorothea auf Erden zu helfen gewesen, hätte ihr soziales Koordinatensystem einen emotionalen Zusammenbruch erlaubt. Doch ihre Verstörung hatte eher etwas Insektenhaftes, ein ruheloses, richtungsloses Trippeln und Tasten auf der Oberfläche einer Frucht, die äußerlich intakt, innerlich verdorben war. Als die Kinder größer wurden und keine Einschlafrituale mehr brauchten, keine wackligen Sankt-Martins-Laternen mehr mit ihr basteln wollten und die Schulaufgaben lieber bei ihren Freunden erledigten als unter ihrer unnachsichtigen Aufsicht, fühlte sie sich nicht mehr kräftig genug, um Halbwüchsige vom Wert lateinischer Vokabeln für das Leben zu überzeugen. Zugleich war sie zur friedlichen Faulheit unbegabt. Der namenlose Schrecken einer unbehüteten Kindheit war zu groß, um seine Konturen zu ertasten. Er hatte sich längst atmosphärisch selbstständig gemacht und schien nur im Jeweils, in kleinen Zeitzonen zu bannen – in der Vorbereitung auf einen Museumsbesuch, zu dem man sich einlesen musste, oder in der Zusammenstellung der Garderobe für eine Party. Gewissenhaftigkeit und Perfektion, Halt wie Antreiber in einem, sorgten für immerwährende Bewegung, ein unheimliches Perpetuum mobile mit einem zwergenhaften Pendelschlag. In einer weniger komfortablen Epoche wäre sie eine dunkel gekleidete Frau geworden, die Erbsen liest, strickt oder webt, die Hände beschäftigt in einem gleichmäßigen Hin und Her. Von dem man heute weiß, dass es die Gehirnhälften miteinander in harmonische Schwingung bringt und so für eine unthematische Beruhigung sorgt, ohne das Erleben abzustumpfen wie die Tröpfchen und Tabletten, die sie, nach Maßgabe wechselnder Fachärzte, zu sich nahm und nach Einbruch der Dunkelheit mit Martini-Cocktails oder Perlwein kombinierte. So war sie in ihren mittleren Jahren eine elegante, tagsüber kontrollierte Erscheinung, mit einer Vorliebe für irisierendes Material, glänzende oder paillettenbesetzte Stoffe, die ihre traumatisierte Seele umgaben wie eine feminine Panzerung. Die Ermordung eines menschenfreundlichen, auch noch gut aussehenden jungen Mannes wie David Haines, nur ein paar Jahre älter als Sebastian und auf einem Weg, wie Huberta ihn einschlagen wollte – an der Seite der Bedürftigen, von allen Göttern Verlassenen –, wie sie gerade erst in der «Tagesschau» berichtet wurde (ohne die schändlichen Bilder, aber mit Worten, die eine Ahnung des Gemetzels gaben): Sein erster Gedanke bei dieser Nachricht galt ihr und seiner Erleichterung, dass sie vom IS, von Boko Haram und diesen anderen Zusammenrottungen blutrünstiger Wahnsinniger nichts mehr erfuhr. Sie hatte das Böse, im Unterschied zu ihm, gesehen (oder er hatte nicht hingeschaut; muskulös, von Kirchengeläut, Gemüsebeeten und tatkräftigen, nach Erde und Seife duftenden Hüterinnen umgeben), und ihr metaphysisches Gebäude hatte einen Dachschaden von Anfang an. Und während sie ihren Töchtern alles zuzutrauen schien, was ihr nicht zu Gebote stand – Tapferkeit und eine ruhige Einschätzung von Risiken, Lebensmut und kreatürliche Gelassenheit, sogar eine glückliche Sexualität (die Pille, die sich beide auf rätselhafte Weise besorgten, beunruhigte sie keineswegs, während ihn die Frage, wem Bettina ihren jungfräulichen Körper widmete, in Argwohn und Empörungsbereitschaft stürzte) –, umkreiste sie ihren Jüngsten seit dessen Geburt (hinter schalldichten, hellgrau lackierten Türen, die ihm demonstrierten, wie unerwünscht seine väterliche Teilnahme an diesem alltäglichen Wunder war) mit vorauseilender Sorge. Ein Nasenbluten Sebastians konnte sie als den tückischen Vorboten einer Katastrophe deuten, während Hubertas untersetzte, unglückliche Pubertätsfigur sie allenfalls narzisstisch zu kränken schien und Bettinas liebreiches, unbekümmertes Strahlen eine Selbstverständlichkeit war, keines Schutzes bedürftig. Sebastian war ihr «Projekt», eine Laterna magica des friedlichen Heldentums, mit wechselnden Bildern unerhörter Begabung und öffentlicher Auszeichnung in der nächsten, allenfalls übernächsten Zukunft. Dass sein Jüngster darunter nicht zusammengebrochen ist, erstaunt ihn heute mehr als damals, als seine pflichtschuldige Anwesenheit bei Schülerkonzerten und der Abiturfeier durchzogen war von inneren Erörterungen, in denen der Alltag im Büro seine ungestörte Fortsetzung fand und er, immerhin, registrierte, dass Sebastian nicht für den Auftritt geboren war. Sein linkischer Knabenkörper suchte die Nichtbeachtung, und Dorothea suchte vergebens ein Zeichen von Freude in seinem blassen, ausdruckslosen Gesicht, wenn er sich verbeugte, um den Applaus entgegenzunehmen, ein trauriger Lord Fauntleroy. Vielleicht war er selbst zu sehr an die Melancholie ihrer versehrten Familien gewöhnt, um mehr von seinem einzigen Sohn zu erwarten, dabei hat diese Generation, historisch betrachtet, den Sechser im Lotto plus Zusatzzahl: In einem fort ist es aufwärtsgegangen, mit der Wirtschaft und der Verhätschelung, und der Kalte Krieg war eigentlich ein Segen; jedenfalls, wenn man auf der richtigen Seite des Vorhangs seine kleinen Kunststücke abliefern durfte.

Ein saurer Geschmack in seinem Gaumen erinnert ihn daran, dass er noch immer nicht aufgestanden ist, während von den Linden her wieder der schiefe, fröhliche Orgelton seines stoppelbeinigen Freundes herübergetragen wird. Die Kinder haben ihren Kakao oder ihren ungezuckerten Früchtetee gehabt und stürmen mit neuer Kraft in den Vormittag, der von einem Licht durchzogen ist, wie er es mag – unaufdringlich, getaut von der wasserreichen Landschaft um sie herum. Er schlägt mit einer geübten Bewegung die gesteppte Überdecke zurück, die seine laue Wärme speichert und so schwer ist, dass er sie auch in unruhigen Nächten nicht wegstrampeln kann, und geht barfuß in das Bad ohne Tageslicht; das einzige, ihm jeden Tag bewusste Manko dieser ansonsten perfekten Wohnung.

Die Maklerin, eine junge Blondine mit überirdisch langen Wimpern und einem pfirsichfarbenen Teint – von so ausgeprägter Puppenhaftigkeit, dass er glaubte, mit einer Außerirdischen zu verhandeln – war so erleichtert wie er, als sie nach einer Reihe von Besichtigungen (es gab mehr Wohnungen als Interessenten in seiner abgenutzten Heimatstadt) voneinander scheiden konnten. Mit rührender Gewissenhaftigkeit machte sie ihn dennoch darauf aufmerksam, dass «direkt gegenüber, wo es jetzt ganz ruhig ist», eine große Kindertagesstätte ihrem lärmenden Auftrag nachkam, «die meisten Leute stört so etwas». Das wäre ihm lieber als ein Beerdigungsinstitut, sagte er, worauf ihre babyblauen Augen sich erschrocken weiteten, unsicher, ob er einen Scherz machen oder sie mit geriatrischen Ängsten belästigen wollte. Dorothea hat nie Witze gemacht, seinen leicht sardonischen Humor aber immer goutiert. In Hubertas bärbeißiger Art findet er Spuren davon, in Sebastians gelegentlichem Sarkasmus auch, aber der scheint ihm eher die Notwehr eines in die Ecke Getriebenen zu sein, der seinen einzigen Stachel ausfährt.

Das schrille Läuten erwischt ihn, als er mit dem Zungenreiniger den graubraunen Pelz entfernt, der immerhin anzeigt, dass es noch muntere Wachstumsprozesse in seinem Körper gibt, da alles andere – Zahnfleisch, Haare, sogar die gelblich verfärbten Nägel an seinen knochigen Füßen – sich zurückzieht. Für Bakterien ist er ein guter Gastgeber. Er findet das Telefon in der Diele, wo er gestern Abend die unerbetene Offerte eines Stromanbieters, ziemlich aufgebracht, zurückgewiesen hat. Schon der conferencierartige Schwung eines «Guten Tag, Herr Kupfer, wie schön, dass ich Sie persönlich antreffe!» verrät ihm inzwischen, worum es geht. «Du bist das ideale Opfer», hat Huberta ihn aufgeklärt, «tagsüber zu Hause, exzellente Pension, allein lebend, vielleicht schon leicht verwirrt –».

In Erwartung eines weiteren unschlagbaren Angebots bellt er seinen Namen, zum Kampf bereit wie ein gereiztes Gürteltier.

«Papa? Störe ich dich?»

Bettinas leicht kratzige, dabei melodische Stimme, ein mozarthaftes Dur, versetzt sein zähes, väterliches Herz in Alarmbereitschaft. Normalerweise ruft sie ihn gegen Abend an, bevor sie ausgeht (was er hofft; sie war immer ein vergnügungshungriges Geschöpf) oder ein paar Exemplare ihres kuriosen Freundeskreises um den großen Tisch in der Küche versammelt, an dessen tückisch innen stehenden Beinen er sich manches Mal die Knie gestoßen hat.

«Ist etwas passiert?»

«Nein, nein, hier ist alles okay. Es geht um morgen. Wir haben –, also – wir wollten einen Spontanbesuch bei dir machen, wir Kinder und vielleicht Johannes und Mora, und jetzt habe ich doch ein mulmiges Gefühl ... Huberta war sowieso dagegen, und wollte fragen, ob du überhaupt zu Hause bist?»

Sie ist immer als Erste losgestürmt, ihre Unbedenklichkeit ein Labsal zwischen Hubertas misstrauischer Bockigkeit und Sebastians käsigem, versponnenem Zögern.

«Wann wollt ihr denn hier sein?»

«So zwischen sechs und sieben, je nachdem ... Wir kommen mit dem Zug, die anderen mit dem Auto. Du hast dir nichts vorgenommen oder Besuch oder so?»

Eine zwiefache Ängstlichkeit sprödet ihre Stimme; sie will, dass ihr fideles Unternehmen funktioniert, aber als einsamen Greis will sie ihn sich auch nicht vorstellen.

«Ich kann die siebenundsiebzig Gäste natürlich auch wieder ausladen. Dann essen wir zusammen das Buffet, und die Reste packen wir für die Enkel ein.»

«Papa, du bist einfach cool!»

Schon als Studentin hat sie ihn damit irritiert, dass sie bereitwillig jede hergelaufene Vokabel in ihren reichen Wortschatz aufgenommen hat, wie eine linguistische Lumpensammlerin.

«Sagt ihr nicht *urst schau* in Berlin?»

«Das sagen nur die Ossis oder Westdeutsche, die besonders cool sein wollen. Aber wie wunderbar, dass du good sports damit bist! Die anderen fanden das nicht so gut mit der Überraschung.»

Fast zwanzig Jahre haben sie miteinander gelebt, aber es taucht nicht mal der Verdacht in ihrem blitzgescheiten Gehirn auf, dass Huberta ihn vorgewarnt haben könnte und Sebastian natürlich auch; die eine gnatzig, weil das Luftige, Verspielte der Sache ihr nicht passt, der andere, weil er nicht Hunderte von Kilometern fahren will, um am Ende vor verschlossenen Türen zu stehen. Immerhin haben sie ihn beide darum gebeten, Bettina nicht darüber aufzuklären; auch für sie steht sie unter bukolischem Naturschutz.

«Ich betrachte es als eine Ehre. Was soll ich kochen?»

«Darauf wollen wir es mal nicht ankommen lassen,

Papa. Nichts gegen dein Bauernfrühstück, aber wir laden dich natürlich ein! Das kann aber eine Überraschung bleiben, oder? Und du sagst den anderen bitte auf keinen Fall, dass ich angerufen habe.»

«Selbstverständlich nicht. Hauptsache, ich muss kein indisches Curry essen oder sonst etwas, das seit der Unabhängigkeitserklärung warmgehalten wird.»

«Kein indisches Curry, keinen chinesischen Hund, keine pappigen Sushi, ist bedacht und vermerkt. Sonst alles okay bei dir?»

Vor lauter Erleichterung nimmt sie noch einen töchterlichen Anlauf, aber er kann spüren, dass sie auf dem Sprung in einen ihrer kaleidoskopisch zerstückelten Tage ist, zwischen Uni und Supermarkt, Kaffee mit Freundinnen, Previews usbekischer Filme in einem Stadtteilkino am Vormittag oder diesem Nachbarschaftsverein, mit dem sie neuerdings ihre Zeit verliert.

«Davon abgesehen, dass ich im Schlafanzug und mit der Zahnbürste in der Hand im ungeheizten Flur stehe –»

Nun gibt er vielleicht doch das Bild eines verwahrlosenden Alten ab, ein Fall für die baldige Umbettung ins betreute Wohnen, wo alle Flure am Tag und in der Nacht in derselben überbrüteten Wärme dämmern und es nach Teppichboden und Desinfektionsmittel riecht.

«Ich habe heute länger geschlafen», schiebt er hinterher, um ihren Abschied sorgenfrei zu gestalten, «weil ich gestern so lange ferngesehen habe.»

Auch das könnte ein Grund zur Sorge sein. Doch sie hat dazu nie geneigt und nimmt den Abschied gerne an.

«Also bis morgen, Papa!»

Der Geruch im Auto – muffig und familiär, ein Gemisch aus konservierten Atemfahnen, Kunststoff und Bens Billigdeo, das ihm regelmäßig den Magen hebt – veranlasst ihn, sofort das Fenster herunterzufahren und ein *amuse gueule* von der Engelstrompete vor der Garage mitzunehmen, die ihre rosaweißlichen Blüten hängen lässt, aber olfaktorisch ziemlich rege ist. Deutlich über zwanzig Grad Celsius sind angesagt; vielleicht ist sie so in Verwirrung über die Jahreszeit wie ihre Liebhaber durch ihren Duft, der sie sogar in Halluzinationen schicken kann; so jedenfalls der Prospekt des Gartencenters, in dem gewunden auf ihre Penisform angespielt und vor betörender Giftigkeit gewarnt wurde. Vanille, Zitrone und die vergorene Ausdünstung von Sperma; ein Gruß aus der Beziehungsküche. Er zieht die Deutschlandkarte aus dem Handschuhfach und vertieft sich in das entmutigende Wirrwarr aus farbigen Linien – von dem es, wie er aus Erfahrung weiß, kein Nachbild geben wird. Trotzdem versorgt ihn diese Geste mit einer Auffrischung seiner Männlichkeit; sein Vater hat sich auf ihren Ferienfahrten über die Karte gebeugt und dann, die Hände in durchbrochenen Lederhandschuhen, aus denen die Knöchel rötlich hervortraten, das Lenkrad wieder souverän umfasst, um sein wuseliges Rudel in den dunklen Wald zu bringen. Seine Mutter war angespannter als er, so fühlte er es auf seinem Mittelsitz, von wo aus er die Straße fest im Blick behielt – «immer den Horizont fixieren, mein Junge!» –, auch wenn sich trotzdem nicht vermeiden ließ, dass er am Ende auf dem Seitenstreifen einer Bundesstraße, seine bebenden Hüften von Hubertas Händen fest umschlossen, eine bierfarbene, von Stückchen durchsetzte Flüssigkeit auf die vertrocknete Grasnarbe erbrach. Der stechende Geruch der Erfrischungstücher, mit denen seine Mutter ihm die Mundwinkel abwischte, ist vielleicht der Grund, warum seine Magennerven so unduldsam auf das Spray reagieren, mit dem sein Sohn die pubertären Säfte unter Kontrolle halten will. Familiengeschichte: eine Kette von Klagen, wenn man die Kurve nicht kriegt.

Mora hat die Haustür leise ins Schloss fallen lassen, damit Ben keine Störung seines heiligen Schlafes erfährt, und öffnet nun die Tür hinter ihrem Sitz, um ihre Handtasche und den Korb mit Reiseproviant zu deponieren. Sie legt ihren Trenchcoat daneben und nimmt die Karte entgegen, die er wieder zusammengefaltet hat, nicht mehr im Gedächtnis als die unregelmäßige, dunkelgelbe Verdichtung von Linien, an deren östlichem Rand sie ihren Beitrag zum Fortbestand der Menschheit leisten. Er schaltet das Navi ein und gibt die Adresse seines Vaters ein, die sie ihm aus ihrem Handy vorliest.

«Sechs Stunden und zehn Minuten», stellt er fest, «eine Viertelstunde weniger als gestern, wahrscheinlich wegen des Feiertags.»

«Das ist doch gut zu schaffen.»

Ihm ist nicht klar, ob sie ihn oder sich selbst damit stärken will, doch nimmt er den ehelichen Trost bereitwillig entgegen.

«Morgen wird es nicht viel schlechter sein, nehme ich an. Und wer ein schönes Wochenende verbringen will, fährt ohnehin in die entgegengesetzte Richtung.»

«So übel ist es da auch nicht.»

Er ist derart verdutzt, dass er den Motor wieder abwürgt und sie mit einem Ruck zum Stehen kommen, noch auf der geteerten Auffahrt.

«Du hast doch beim letzten Mal gesagt, mit Ostwestfalen bist du fertig! Die Aalräucherei neben der Tankstelle, erinnerst du dich, die hat dir den Rest gegeben.»

«Wer da die Bebauungspläne macht, der muss blind oder korrupt oder ein Heimathasser sein. Wie man eine Gegend so verschandeln kann, ist mir ein Rätsel», gibt sie zu. «Aber die Landschaft ist doch eigentlich schön, wie in dem Volksliederbuch, das deine Mutter uns mal mitgegeben hat. Irgendwie – wie sagt man, dieses Weihnachtswort –»

Bezopfte Mädchen in roten Schürzen, kleine Jungen in kurzen Hosen, die vor einer Mühle spielen, dahinter pastellig verlaufende Hügel; nachdenkliche Häuser in einem Tal mit einem mäandernden Fluss.

«Vielleicht ‹hold›», schlägt er vor. «Aber das war schweres Nazizeug, ‹Schwarzbraun ist die Haselnuss› und so.»

Er lässt den Wagen wieder an und dreht das Navi stumm, damit die gütige Frauenstimme ihm nicht erklärt, wie er zur Autobahnauffahrt kommt.

«Bist du sicher, dass das stimmt? Adriana hat mal eine Arbeit darüber geschrieben, und da stellte sich heraus, dass viel von diesem sogenannten Nazizeug eigentlich gar keins ist, die haben sich das gekapert – die Siedlungen für die Arbeiter zum Beispiel und auch die Lieder von dieser Wundervogelbewegung.»

«Wandervogel», sagt er, was gereizter klingt, als er es meint. «Das waren, glaube ich», schiebt er gleich hinterher, «eigentlich progressive Leute, so was Reformpädagogisches, mit Nacktbaden und zurück zur Natur. Vielleicht wie diese Tolstoi-Jünger in Russland, jedenfalls wirklich keine Faschisten.»

«Da bin ich ja erleichtert. Und zum Hermannsdenkmal werden wir auch nicht fahren müssen.»

Er kann ihr keinen Vorwurf daraus machen, dass sie das alte Spiel «Erkenne den Nazi» auf ihre Weise weiterbetreibt; er hat schließlich damit angefangen, vor ziemlich genau zwanzig Jahren. Inzwischen gibt es längst neue Kandidaten für dieses zweifelhafte Vergnügen, aber die sind so offensichtlich oder so bedrohlich, dass sie beide sie nicht aufgenommen haben.

«Wir haben das nur einmal gemacht», erinnert er sie, «um es hinter uns zu haben. Und weil es die einzige nichtreligiöse Sehenswürdigkeit ist, weit und breit.»

Inzwischen sind sie schon an der Auffahrt, und er beschleunigt den alten, im Dienst verschmuddelten Kombi auf vibrierende Neunzig. Nach all den Jahren fühlt es sich immer noch wie Autoscooter an: das flaue, erregende Gefühl im Magen, bis man den ersten Stoß versetzt bekommt und noch im Aufprall merkt, dass es nicht so schlimm ist, wie man gedacht hat. Bloß, dass es hier keinen Aufprall geben wird, sondern nur dieses fiese Summen im Organismus, wenn die Hundert und dann die Hundertdreißig überschritten sind. Bis man sich daran gewöhnt hat und die Gefahr vergisst – es sei denn, ein Schwerlaster taucht links neben einem auf und man kann sich nicht einfach zurückfallen lassen, weil man dann viertelstundenlang gedemütigt an seinem gewaltigen Auspuff hängt.

«Wieso ist er da eigentlich hingezogen, hast du das je begriffen?»

Er versucht, sich zu erinnern; eigentlich müssten sie damals darüber gesprochen haben. Aber in dem Jahr nach dem Tod seiner Mutter, der abrupt und unverständlich ein Loch in das familiäre Gewebe gerissen hat, ist so viel Merkwürdiges passiert, dass sie vielleicht keine Kraft hatten, auch dieses Rätsel angemessen zu untersuchen. Weit hinter ihm kommt in atemraubendem Tempo ein silbergrauer Mercedes heran, die Lichter aufgeblendet und außen gezackt wie ein monströses, pfeilschnelles Insekt. Er drückt das Gaspedal herunter, so dass er die Ferse in seinem Slipper spürt, und rauscht an einem roten Golf mit Aufkleber (Baby an Bord!) vorbei, in dem eine junge Frau mit strohig ausgefranstem Pferdeschwanz dramatisch den Mund bewegt, während ein Gebammel von Maskottchen ihren Blick auf die Autobahn zu einer Art Kasperltheater macht. Er ist immer wieder erstaunt, dass so etwas nicht verboten ist. Sobald er sie hinter sich sieht – sie hört einen Lieblingssong, er tippt auf Justin Bieber oder Adele –, passt er sein Tempo dem ihren an. Sie bilden eine kleine, geheime Kolonne der vernünftigen Hundertvierziger, die mit den Macho-Idioten auf der linken Spur nichts gemeinsam hat.

«Er hat da mal gewohnt, als er so zwischen fünfzehn und zwanzig war, glaube ich.»

Einstweilen schirmt das Fahren ihn von ihr ab. Die Anspannung wird nachlassen, und irgendwann werden sie in dieser rollenden Kabine einander atmosphärisch näher sein, als er möchte; gereizt, unausgeschlafen und von düsteren Vorahnungen erfüllt, wie er ist.

«Das muss doch ziemlich schrecklich gewesen sein, in dieser ausgebombten Stadt.»

Er muss wieder rechnen; die krummen Zahlen der Familie an den richtigen Platz sortieren in der historischen Ordnung. Heirat 1959, 61 Bettinas Geburt und die Mauer, und dann, drei Jahre später, seine Zeit auf Erden. Huba hat eine glatte Zahl erwischt, was ihr, so wie es aussieht, nicht geholfen hat, etwas auf die Reihe zu kriegen.

«Anfang der Fünfziger war doch schon wieder Aufbruch angesagt. Diese Trümmerfrauenbilder, die du vielleicht im Kopf hast, die sind aus den Vierzigerjahren.»

Der Himmel ist von einem überirdischen, wie nachkolorierten Blau, die Landschaft so aufgeräumt, als warte sie auf einen Fototermin. Immer wieder, auch in der S-Bahn und im Zug, gräbt die Einsicht in ihm, dass diese Schönheit eine optische Täuschung ist. Auch die Grasnarbe, im Vorbeifahren leuchtend grün und üppig, war damals, bei kotzender Betrachtung, nur ein dünnfasriges Stückchen Welt, von Steinen und Insekten durchsetzt. Insekten, deren Nachkommen fast ausgestorben sind. Er erinnert sich nicht, wann die Windschutzscheibe je wieder so verklebt von kleinen Leichen war wie auf ihren Stationen an der Tankstelle, wo Huba, die sich am wenigsten vor ihnen ekelte, sie beherzt und energisch abgeputzt hat, den gummibezogenen, blauen Wischer wieder und wieder eintauchend in einen Plastikeimer voll schwärzlicher Brühe.

«Er war jung», sagt Mora neben ihm, als könne sie es selber kaum glauben. «Erinnerst du dich an die Anekdote, die Adriana erzählt hat, als sie von der Klassenreise nach

Paris zurückgekommen ist? Dass Napoleon bei einem seiner Aufmärsche eine alte Frau gefragt haben soll, was das beste Jahr ihres Lebens war, und sie sagte, 1789, mein Kaiser. Und als er wissen wollte, warum denn das – der Hunger, die Revolution, die Guillotine – sagte sie: ‹Ich war siebzehn.›»

«Schön, wenn man das mit siebzehn erzählt bekommt.»

Auch das kommt irgendwie barsch heraus. Die Überraschung, dass sie mitkommen würde, war nicht ohne Schuldgefühl; erst da begriff er, wie die Aussicht auf die Fahrt ihn erleichterte – allein mit seinem familiären Unwillen und dem Prozess der Abwägung, den er längst rituell vollführt, ohne Hoffnung auf ein Ergebnis. Er hält sich in der Schwebe; ungemütlich und melancholisch, aber offenbar dem vorzuziehen, was nach einer Entscheidung kommt.

Sie scheint nichts zu bemerken. «You know, other people have their own problems» – das ist die Anekdote, an die *er* sich hält. Die letzte, tiefste Einsicht eines New Yorker Analytikers, dessen Klient sich unaufhörlich ausmalt, was die Leute von ihm halten, weil er doch zu viel wiegt und sein Sakko spannt und er ein bisschen stottert, wenn er nervös ist.

«Weißt du, wie es ihm geht?»

Wann fängt man an, sich das zu fragen bei den eigenen Eltern, ist das ein Zeichen von Erwachsensein? In diesem Fall ist er, was seine Mutter betrifft, immer erwachsen gewesen, schon als Knirps, wenn er darauf achtete, seinen Teller Haferflocken säuberlich zu leeren, während Bettina neben ihm kleine Landschaften bildete, bräunliche Kegel im Kakao, bis es Zeit war für die Schule und sie einen unansehnlichen Rest hinterließ.

Sein Vater war ganz ungeeignet für diese Frage. Sein hellgraues Augenmerk war stets auf seine Frau gerichtet und nahm sie alle nur ausnahmsweise in den Blick, gewissermaßen summarisch; ein mit Wichtigem beschäftigter Abteilungsleiter. Sebastian weiß nicht, ob seines Vaters Potenzial der Sorge ausgeschöpft war durch die Wünsche und Neurosen der Mutter seiner Kinder, oder ob er einfach angenommen hat, es müsste ihnen gut gehen, weil sie beschenkt waren mit allem, was das Schicksal ihm selbst verweigert hat; geordnete Verhältnisse, heile Häuser, Vitamine im Überfluss. Jedenfalls ließ er nicht erkennen, ob sie die Prüfung, wenn es denn eine gab, bestanden. Und während seine Mutter ihre Unruhe gern auf Vergangenes richtete, die Umstände besprechen wollte, die dazu geführt hatten, dass er beim Klaviervorspiel nicht als einer der Besten abgeschnitten hat, oder warum er missmutig von einer Klassenfahrt zurückkehrte – hatte ihm jemand «etwas getan»? –, sprach sein Vater immer die nähere Zukunft an. Vielleicht eine stillschweigende Ermunterung, die er damals als Desinteresse gedeutet hat.

«Er ist jedenfalls ziemlich gesund, so wie es aussieht.»

«Er ist siebenundsiebzig.»

Sebastian hat wenig Erfahrung mit alten Leuten. Seine beiden Großmütter waren mit Vorsicht zu behandeln; die eine ein wolkiges, intensiv parfümiertes Wesen, das bei den seltenen Besuchen in Erlangen vorzugsweise in der Küche saß, in der Nähe des Kühlschranks, wo eine Batterie Piccolos für sie bereitlag. Die andere vor allem bettlägerig, der weibliche Teil eines Paares aus einer dunklen, schweigsamen Zeit.

«Woran sind seine Eltern gestorben?»

«Na ja, sie haben ja kaum gelebt.»

Er erinnert sich nur an diesen einen Besuch. Die beiden Alten saßen beieinander wie in einem Stillleben, er guckte das Pendel der Standuhr an und zählte die Schläge. Pappige Kekse in einer Schale, ein Glas mit trübem Apfelsaft, in dem die Schwebeteilchen zögernd nach unten trudelten. Vor den Fenstern doppelte Spitzengardinen. Ein muffiger, trauriger Geruch und eine Polsterung unter dem Hintern, die jede Bewegung verstärkte; das einzig Springlebendige in diesem Raum, weshalb er immer wieder seine Position veränderte. Eine jähe Angst, dass sein Vater, der etwas zu besorgen hatte, unters Auto kommen und ihn dort zurücklassen würde. Verkehrsunfälle waren damals eine populäre Todesart.

«Aber an irgendetwas müssen sie gestorben sein.»

«Wir waren nicht mal bei der Beerdigung. Oder, doch, Bettina ist damals mitgefahren. Ich hatte ein Vorspiel in der Musikschule, und meine Mutter ist mit mir und Huberta zu Hause geblieben. Heute würde man sagen, meine Großmutter war depressiv. Vollkommen teilnahmslos, soweit ich mich erinnere. Und ihr Mann eine Art Wärter, der aufpasste, dass sie pünktlich ihre Tabletten nahm. Davon verstand er ja was.»

«Was hat er damals eigentlich gemacht?»

«Er war längst pensioniert. Als Mitläufer eingestuft, volle Bezüge, aber eigentlich war er noch nicht alt genug.»

«In Ehren vorzeitig entlassen, so heißt das doch?»

Such den Nazi. Er seufzt.

«Ich nehme es an. Das war kein Thema bei uns. Mein Vater ist so weit wie möglich weggezogen, was wahrscheinlich kein Zufall war.»

Eine Linie, die im deutschen Sande verläuft, wie auf den Bildern von Anselm Kiefer, die er immer pathetisch fand. Schlick, der sich für eine Ausgrabung hält.

«Wieso eigentlich eine Doppelbeerdigung? Das hast du mir nie erzählt.»

«Wahrscheinlich», sagt er, während er den kleinen Fiat überholt, der mit einem Sportfahrrad auf dem Dach vor ihnen ins Wochenende trödelt, «wollte ich die Schrecknisse in Grenzen halten. Partisanentochter heiratet Nazi-Enkel, dessen Großeltern Doppelselbstmord begingen ...»

Tatsächlich hatte er nicht darüber nachgedacht oder es vor sich selbst verheimlicht. Als sie sich kennenlernten, als sie ihn aufnahm in ihr schaukelndes Mittelmeerboot, war die Gegenwart voller als jede andere Zeit, und seine Eltern, auch seine Geschwister, blieben am Ufer zurück, verblassten von Woche zu Woche. Auf seiner Hochzeit winkten sie ihm noch einmal zu, skeptisch, euphorisch – all das verschwamm im Dunst.

Ein hageres Profil, zerkrumpelt wie ein alter Apfel, wischt an ihnen vorbei. Sebastian nimmt auch noch den nächsten mit, eine Art zivilen Panzer, im Fond ein massiger Jungmann mit akkurat geschnittener, tiefschwarzer Bartlinie und Muscleshirt; tätowierte Arme, die gleich zu platzen drohen. Diese Art Männlichkeit blieb ihm im Volksbad normalerweise erspart; im türkisfarbenen Wasser herrschte das Lurchige, Weiße, Unpralle vor.

«Doppelselbstmord, bist du sicher? Oder die Kelly-Bastian-Variante?»

Seine innere Landschaft hat sich gelockert, stellt er fest. Ihr unermüdlicher, kritischer Spaten, der jede Krume bewegt.

«Ich nehme an, bei so was wird ziemlich präzise obduziert. Er wusste ja, wie es geht. Und wo kein Kläger, da kein Richter, heißt es doch. Wobei ich mich gerade frage, ob das eigentlich ein rein deutsches Sprichwort ist.»

Man hat sie von diesem Kreis der Hölle in sorgsamem Abstand gehalten. Die problematischen Weinhofer-Gene waren durch seine Mutter immer präsent; für ihn eine Warnung, sich von Alkohol, von Unordnung und Hysterie fernzuhalten. Ob der Vater seines Vaters womöglich nicht nur sich und seine Frau, sondern auch andere Wesen eingeschläfert hat – den «Menschen» versucht er zu vermeiden, wie er bemerkt –, «das entzieht sich meiner Kenntnis», wäre die juristisch korrekte Formulierung. Er hat die vage Vorstellung gepflegt, Hans-Georg Kupfer habe geistig minderbemittelte Bauernkinder vor der Einweisung in eine Anstalt für unwertes Leben bewahrt. Die einzige Grundlage dafür, wird ihm in diesem Augenblick klar, sind Bemerkungen seines Vaters über den Bischof von Galen, löwengleich, ehrenhaft – und westfälisch wie sein wortarmer, im Sessel erschlaffter Großvater.

«Hast du nie wissen wollen, was da los gewesen ist?»

Ihr Ehespiel. Er spürt Trost und Behagen, so in die Mangel genommen zu werden.

Unverständnis, aus dem Interesse folgt, das ist die Entdeckung, die er ihr verdankt. Und aus dem wieder Unverständnis kommt, das ist die Entdeckung, die weniger gemütlich ist, aber so wird das Rad am Laufen gehalten.

«Ist das nicht der Sinn von Familientabus, dass man es nicht wissen will?»

Er hat seinen Vater weder als Opfer- noch als Tätersohn betrachtet; er kam aus dem Nichts, ein Einzelmensch. Sehnig, akkurat, mit einer Ausstrahlung von Würde, die nichts Prätentiöses an sich hat. Im Film wäre er eine Nebenfigur, die im Gedächtnis bleibt.

Sie legt ihre linke Hand auf seinen Oberschenkel in der hellen Chino, der ihre trockene Wärme dankbar entgegennimmt.

«Und unsere?»

Eine Furcht jagt in ihm hoch, eine Bewegung vom Schließmuskel bis zur Kehle. Sein Brustkorb ist zu einem Klumpen geworden.

«Was meinst du damit?»

Sie verstärkt den Druck auf seinen Schenkel; eine vertraute Berührung ohne Alarm.

«Ich frage mich, welche Tabus wir haben.»

Sie sind dem weinroten VW vor ihnen so nahe gerückt, dass er zum Überholen ansetzen kann. Der Tacho zeigt einhundertsechzig, einhundertsiebzig; ein Gefühl, als ob der Wagen schwerer würde. Beladen mit einer zwanzigjährigen Ehe und der Verantwortung für zwei Halbwüchsige, die in eine Welt ziehen müssen, welche ihm weniger aussichtsreich vorkommt, als die seine es damals war.

«Außer Plastikflaschen und Industriezucker?»

Sie verschmäht seinen Versuch, mit kläglichem Witz einen Weg ins Freie zu weisen. Ihre Hand löst sich von ihm und greift in die Welle über der Stirn. – Eine Konstante in ihrer Ehe? Das Haar meiner Frau. Von unserem ersten Augenblick an, in einer Bar am Isartor, die von einer Lichtkugel gewitterhaft beleuchtet wurde, umrahmt es ihr Gesicht in derselben präraffaelitischen Weise. Und wenn sie mir beim Gehen den Rücken zuwendet, dann wogt es auf ihren Schulterblättern sachte. Nach all den Jahren fühlt es sich griffiger an. Dafür hat es an Glanz verloren; aus einem satten, ebenholzigen Schwarz ist ein dunkles Schiefer geworden. Sie kämmt es jeden Abend, wie die Jungfern in alter Zeit, mit hundert Bürstenstrichen aus; das hat man sie als Kind gelehrt. Damals hat sie Ameisen und andere, winzige Tierchen geerntet, mikrobische Grüße aus der Natur, in der mehr Wimmelei waltete – jedenfalls mehr als da, wo wir heute leben, in einer ausgezehrten, postkartenschönen Landschaft. Inzwischen schweben, wenn sie die Bürste am Waschbecken ausklopft, nur noch weißliche Schuppen und einzelne, locker gekrümmte Haare nieder, die mit einem leisen Pusten im Abfluss verschwinden. Bevor sie sich auf dem Bett niederlässt – an der Seite zum Fenster, während ich immer zur Tür hin schlafe –, fängt sie die schieferfarbene Wolke mit einer beherzten Bewegung im Nacken ein und macht einen losen Knoten, so dass nichts ziept, bis sie die richtige Position zum Lesen gefunden hat. Unsere Tochter hat dieses Haar geerbt, die Fülle, die Farbe und die Struktur, aber sie trägt es kurz wie ein Knabe, seit sie in das sechzehnte Lebensjahr eingetreten ist. Wir hoffen, dass nicht nur das Haar, sondern auch das selbstverständliche Gefühl, schön zu sein, von ihrer Mutter auf sie gekommen ist.

«Manchmal frage ich mich, ob Benjamin glücklich ist.»

Erleichterung flutet ihn und weitet seine Brust.

«Kannst du mir eins von den Bonbons aus dem Handschuhfach geben?»

Sie nimmt einen Kräuterzucker und wickelt ihn für ihn aus. Umsichtige, eheliche Bewegungen in ihrem rasenden Kokon, ein winziges Stück Welt für sich. Sein Handy ist in seiner Jackentasche verwahrt und stummgeschaltet, ein Gegenzauber für einen Fall, der nicht eintreten wird.

Sie bietet ihm das Bonbon auf ihrer geöffneten Hand; untrüglich ihr Gefühl für Distanz.

«Vielleicht ist das ein bisschen viel verlangt bei einem Fünfzehnjährigen. Vor allem von uns.»

Würzige Wärme breitet sich in seinem Gaumen aus, während sie so konzentriert nach vorne sieht, als müsse sie den Verkehr kontrollieren. Das kann nicht alles gewesen sein.

«Ein gewisser Autismus», fährt er fort, nachdem er den eckigen Klumpen mit der Zunge in seine Backentasche geschoben hat, «scheint mir in seinem Alter ganz normal.»

«Ich finde, er redet zu wenig mit uns.»

«Warum sollte er denn mit uns reden? Er weiß alles, was wir denken, zu jedem Thema unter der Sonne. Er kennt uns auswendig. Und was er uns an Neuem präsentieren könnte, würden wir sowieso nicht verstehen. Oder bist du in engerer Verbindung mit dem, was diese Jungmänner da an Rap produzieren, dieses Zeug, bei dem ich immer ganz froh bin, dass es Kopfhörer gibt?»

Er klingt unwirsch und teilnahmslos, dabei fühlt er sich schon aus Erleichterung versöhnlich.

«Nur weil dein Vater sich nicht für euch interessiert hat, musst du das bei deinem Sohn nicht fortsetzen.»

«Er war nicht desinteressiert, glaube ich, eher fern. Er hat gedacht, das wird schon laufen mit uns. Was nicht das Schlechteste ist, wenn man fünfzehn ist und sowieso überfordert.»

«Wieso *muss* man mit fünfzehn überfordert sein? Ich war's nicht.»

Sie klingt angekratzt, rebellisch.

«Du warst ein schönes, kluges Mädchen in einem ziemlich selbstbewussten Land, und deine Eltern waren stolz auf dich. Ich war in dem Alter reichlich durcheinander. Und ich möchte heute nicht gern in seiner Haut stecken. Sieht doch sehr reparaturbedürftig aus, die Welt.»

Sie blickt unverwandt geradeaus, was er für ein Zeichen nimmt, dass sie es ihm nicht schwer machen möchte. Aber vielleicht ist das eine Überblendung aus der Vergangenheit – der Respekt, den seine Mutter, die ungern und unsicher Auto fuhr, seinem Vater entgegenbrachte, wenn er seine Herde zwischen Schwerlastern und enthemmten Sportwagen ins Schwarzwälder Körbchen brachte.

«Ich glaube, du hast so wenig Fürsorge erlebt, dass du –»

«– eher zu viel, würde ich sagen. Jedenfalls von der einen Seite.»

«Das war keine Fürsorge. Du warst dafür da, die Träume deiner Mutter zu verwirklichen.»

«Das bestreite ich ja gar nicht. Und ich sehe ja auch, dass wir da unterschiedliche Maßstäbe haben. Aber ich kann nicht auf Alarmstufe schalten, nur weil ein kerngesunder Fünfzehnjähriger, der Freunde hat und Sport macht und keine Drogen nimmt – jedenfalls, soweit wir wissen –, nicht gern mit seinen Eltern redet.»

Bei Adriana haben sie, soweit er sich erinnert, solche Diskussionen nicht gehabt. Vielleicht, weil Mora ihr näher ist oder die Projektionen gnädiger sind. Und keine Angst. Nicht nur die hellgraue Stahltür im Krankenhaus gehört zum bitteren Inventar seines Gedächtnisses, sondern auch die weiß gestrichene Zimmertür, die hinter ihr und Benjamin zufiel, als er mit Fieberkrämpfen darniederlag. Sein lebensgefährlich erhitzter Körper in einem hellen Leibchen, die Halbmonde der Fingernägel durchsichtig, der gestochen scharfe, dunkle Wimpernkranz wie ein vorzeitiges Urteil. Der kaum feststellbare Atem, auf den sie lauschten wie bei Adriana in den ersten Nächten, andächtig und in sprungbereiter Panik, wie es bei Ersteltern so ist; in rührender Hysterie. Doch hier war es ernst, und es war nichts zu hören, man musste sich an die kaum merkliche Bewegung halten, mit der die dünne Baumwolle sich hob, über dem perfekt gebauten Brustkorb. Alles bereit für das Leben, ohne Makel. Die Stunden nach seiner Aussperrung eine Zeit, die durchtaucht werden musste, in gequälter Ambivalenz. Denn solange sie dauerte, war, immerhin, noch nichts entschieden. Am Ufer wartete vielleicht der Tod. Er rief bei Helene von gegenüber an, die Adriana aufgenommen hatte, und hörte ihrem Bayrisch zu, ihrer kehligen Liturgie des jeweils

Allernächsten; die Mädchen hatten *Weißwürscht gessn* und zogen sich nun die Schlafanzüge an, dann würden sie noch eine Kassette hören, Benjamin Blümchens Törröö hatten sie schon beim Abendbrot unentwegt nachgemacht ... Sie fragte, ob *der Kloane wieda gsund* sei, und ihre ahnungslose Anteilnahme weckte den Wunsch, sich an ihren großen, schwammigen Körper zu schmiegen. Nach dem Telefonat setzte er sich an seinen Schreibtisch und sortierte Quittungen für die Steuererklärung; er pflügte sich durch die Viertelstunden, in der trockenen Stille des Hauses, das sich in vollkommener Einsamkeit in dieser Neubausiedlung unter dem Verhängnis duckte. Einmal war zu hören, wie die Tür zu ihrem Schlafzimmer sich leise öffnete und Mora zur Toilette ging. Und während er noch versuchte, seiner Erstarrung zu entkommen, war sie schon wieder zurück, und er vernahm das endgültige Einrasten der leichten, weiß gestrichenen Tür. Als alle Zettel abgeheftet waren, ging er in die Küche, räumte das Fach mit den Gewürzen aus und putzte es, dann nahm er sich den Schrank mit Cerealien und Kohlehydraten vor; am Ende machte er den Kühlschrank leer und wischte ihn gründlich aus, scheuerte die eingehärteten, gelb gewordenen Spritzer der Milch von der Gummierung in der Tür und entfernte aus dem Gemüsefach die feuchten, verklebten Reste von Salat und Petersilie, Zeugen des Alltags aus einer fernen Zeit. Das Auto, fiel ihm ein, würde auch eine Reinigung brauchen. Aber das hätte bedeutet, sich zu weit von der weißen Tür zu entfernen, in eine andere akustische Zone; so unerreichbar, als wäre er nach Amerika gegangen, wo das Entsetzen über Eric Harris und Dylan

Klebold unaufhörlich weinende Gesichter durch die Fernsehkanäle schickte. Zwei Knaben, die einmal so intakt, so anbetungswürdig gewesen waren wie sein Sohn; zwei nuckelnde Geschöpfe, nach Kleie und Babypuder duftend und mit vollkommen geformten Lippen, Ohren, Augenbrauen, die Arme ausgereckt im Schlaf, die mandarinenkleinen Hände entspannt.

«Ich schlage keinen Alarm. Ich gucke einfach hin.»

Ihre Abweisung, in kleinen Sätzen, die so schlicht daherkommen, sogar grammatisch ohne den Fehl des Vorwurfs. Immer nur von sich sprechen, von den eigenen Gefühlen, ist das nicht das Mantra jedes Ratgebers für konstruktiven Streit?

«Meinst du nicht», sagt er und hört seine Stimme harsch und angeraut, trotz des Bonbons, das sich nahezu aufgelöst hat, «dass wir gerade darum konkurrieren, wer besser ist im Elternsein? Und dass wir möglicherweise beide gleich weit von der Wahrheit entfernt sind?»

Bei dem Seminar über Erziehung, zu dem sie ihn einfach mit angemeldet hatte, ging es zu seiner Überraschung fast überhaupt nicht darum, wie sie erziehen wollten. Sondern um ihre eigene Kindheit; um die Erfahrungen, die sie mit ihren Eltern, Lehrern, Großeltern gemacht hatten. Zärtlichkeit, Gewalt, Geduld – und das schiere Wahrgenommensein, an dem es den meisten am meisten fehlte. In einem lindgrün gestrichenen Raum im Gemeindezentrum, an dessen Wänden Zettel mit Aussprachebeispielen befestigt waren – «quasi = kwaasi», «Vaterland = Faterland», «Muttersprache = Mutterschprache» –, saßen an jedem Mittwochabend elf Erwachsene an tsu einem

Viereck zusammengeschobenen Tischen und erzählten von *Watschn*, vom Einpinkeln auf dem Weg zur Schule, von angetrunkenen Vätern und einem Versteck im Garten. Sie alle brauchten Wochen, bis sie ihre Eltern nicht mehr automatisch in Schutz nahmen, bis sie sich durchgegraben hatten zu dem hilflosen, allein gelassenen Kind, das sie einmal gewesen waren und dessen Wiederkehr sie, in der nächsten Generation, nicht ertrugen. Das sie stark machen wollten mit alldem, was sie überstanden hatten, nur mit etwas weniger Watschn, Drohungen oder Macht. Mora, die Einzige unter ihnen, die nichts Quälendes zu berichten hatte außer dem gelegentlichen Rückzug ihres Vaters in die Veteranendepression, hörte vor allem zu und kam, wie sie beim Abschlussabend zugab, zu einem zweiten, düsteren Eindruck über das Land, in dem sie seit einer Dekade lebte. Am Anfang des Kurses hätte niemand von ihnen einer solchen Rede auch nur bis zum Ende zugehört, doch hier saßen nun elf von der Erinnerung Geläuterte. Der dicke Spengler, dessen Augen wässrig wurden, als er am fünften Abend davon berichtete, wie sein Vater ihn in den Keller gesperrt hatte, weil er – «nicht *weil*», sagte da schon einer von ihnen, «da suchst du doch schon gute Gründe, bleib bei dir, wie hast du dich gefühlt?». Der seinen Erstgeborenen in die Garage schloss, wenn der «trotzig» war und «unverschamt». Der erhob sich von seinem Stuhl, ging um das halbe Viereck herum und schüttelte ihr die Hand. «Schee, dass'd hia bei uns bist», sagte er; das war ihre zweite Einbürgerung, sagte sie, als sie durch die föhnige Nacht nach Hause gingen.

«Und du hast den Überblick, du siehst auf uns beide herunter?»

«War den Versuch wert», sagt er, ertappt und irgendwie erleichtert. «Erinnerst du dich an Theres, diese Mollige, aus dem Kurs?»

«Die mit den drei Kindern von drei Vätern?»

«Ich glaube, nur zwei», sagt er. «Väter.»

«Die immer dachte, der eine tatscht ihre Tochter an?»

«Ja. Wie sie ihr die Haarspangen verboten hat, und dass sie Röcke trägt. Und immer Angst.»

Sie schlägt die Beine übereinander und macht sich eng.

«Wie kommst du auf Theres?»

«Wegen der Angst», sagt er und wirft einen Blick auf ihr verschlossenes, herbes Profil mit dem geschwungenen Mund. «Wir haben keine Angst um Adriana, egal, was sie macht, wir denken immer, sie kommt schon durch. Und wenn wir Ben nicht beinahe verloren hätten, würden wir ihn vielleicht genauso anschauen.»

Es ist heikel, hier das *wir* zu gebrauchen. Ein nachträgliches, gewolltes Wir, zu dem die Erfahrung sich verhält wie ein Scharnier: nicht öffnen, diese Tür, dahinter lauern Schmerz, Entzweiung. Ihre wütende Überzeugung – nie formuliert, aber immer zu spüren –, dass er ihr Leid nicht ahnen kann, das Ausmaß, die Intensität. Seine Wut, dass sie ihn ausgesperrt hat, dass sie aus ihrem Mutterleid einen Tempel macht, zu dem er keinen Zugang hat; ihr hohepriesterlicher, Funken sprühender Zorn, wenn er Einlass begehrt in den geheiligten Bereich.

«Für dich bin ich eine Neurotikerin.»

«Und ich bin ein Neurotiker für dich», so prompt kommt seine Entgegnung, dass sie ihn selber überrascht. «Vor allem bin ich müde davon. Ich habe keine Lust mehr.»

Beide horchen dem Satz hinterher.

Bettina hat es fertiggebracht, Sitzplätze zu buchen. Sie haben die Entfernung überschätzt; aus fünf Stunden in der Erinnerung sind etwa drei im Fahrplan geworden, so dass Johannes am Vormittag noch laufen *und* arbeiten konnte und Bettina in eine kratzende Überforderung schickte. So ein plötzliches Geschenk von Zeit macht sie darauf aufmerksam, dass gerade nichts auf ihrem Schreibtisch liegt, was sie mit Selbstverständlichkeit und Energie versorgt; nur Kleinkram, der, einmal erledigt, Platz für den nächsten Kleinkram schafft. Maßstab ist nicht, was sie tatsächlich abhaken kann, sondern ob sie pflichtschuldigst bis zu jenem Grenzpfosten gekommen ist, an dem sie erschöpft sein darf. In einer kleinen Rebellion gegen die innere Zuchtmeisterei hat sie sich mit einer Atemübung – immer sinnvoll: Achtsamkeit! – auf ihr Bett gelegt und war darüber eingeschlafen. Als sie aufwachte, musste sie sich schon beeilen. Schnell ein bisschen Wäsche in die Tasche stopfen, den Kulturbeutel mit dem Nötigen versehen – keine Reisezahnbürste mehr da, die gab es hoffentlich im Hotel – und noch ein Marmeladenbrot im Stehen. Hektik ist ihre Betriebstemperatur, das sollte sie in ihrem Alter eigentlich begriffen haben, und doch deprimiert sie Johannes' Art, seine Zeit sinnvoll zu nutzen. Sie hat diesen Ausflug angeregt, aber jetzt, da es so weit ist, macht sie eine gehetzte Sache daraus.

Ihre Plätze an einem Tisch im Großraumabteil sind einander gegenüber; neben ihnen ist überraschenderweise frei. Noch bevor der Wagen Fahrt aufnimmt, hat sie schon die Knöpfstiefel ausgezogen und ihre Füße in den lila Strumpfhosen neben seiner schmalen Cordhosenhüfte abgelegt, wo er sie einmal kurz mit seiner großen, warmen Hand umfasst. Er hat ihre beiden Kaffeebecher – mal eben so viel, wie ihr Patenkind in Afrika im Monat kostet, wenn man den für die Rückreise dazurechnet – symmetrisch an der Kante zum Fenster hin aufgestellt; mit dem Stoß Zeitungen zwischen ihnen eine festliche kleine Ordnung für die kommenden Stunden. Sie haben als Paar eine Menge Zeit so verbracht, in dieser angelegentlichen Nähe, die so besänftigend auf sie einwirkt; vielleicht, weil er sie zwischen zwei Bahnhöfen nicht verlassen kann. Was aber nicht dazu führt, dass sie in dieser Spanne der Sicherheit etwas ansprechen würde, das Konflikt oder Risiko in sich birgt; was immer in ihr brütet oder wühlt, sinkt in einen Schlummer der Seele, der sie auf benommene Weise heiter macht. Auf den langen Autofahrten in die Sommerferien hat Sebastian seinen rötlichen Schopf vertrauensvoll in ihren Schoß gelegt; Huba auf der anderen Seite, hinter ihrer Mutter, bekam seine Füße in geringelten Baumwollsocken. So waren sie *ein* Körper, während ihre Eltern in ihre Zweisamkeit verstrickt waren, Georg ernst und großwesirhaft fern, Dorothea mit Handreichungen beschäftigt – eine Banane für ihn schälend, ihm ein Stück Scho-Ka-Kola aus der psychedelisch gemusterten Dose fummelnd; in der Mission «Ehefrau». Huba und sie entzifferten im Rückfenster die Autoschilder und dachten sich nach einem wechselnden Schema zugehörige Orte aus; mal musste Obst darin vorkommen, mal Tiere, mal Ekliges wie «WS», «Weichschleim» oder «KB», «Kotzebruch» – bis Sebastian nicht mehr lachte, sondern sich aufrichtete und auf alarmierende Weise zu schlucken begann. Sie fütterten ihn mit Rosinen und Nüssen und lenkten ihn ab mit Schnick-Schnack-Schnuck – das einzige Spiel, bei dem sie ihm nicht überlegen waren. Kollernde Heiterkeit, die irgendwann übersprudelte, so dass ihre Mutter mit der Hand wedelte und sie zur «absoluten Ruhe» ermahnte, «euer Vater muss sich konzentrieren». Worauf sie einander die verschwitzten Hände auf die Münder legten und mit den Augen rollten. Ein Bündnis für drei Wochen der Angewiesenheit, bis sie zurückkehrten in die Entzweiung; die beiden großen Schwestern und der verhätschelte, kleine Bruder. Den sie abends in ihrem Bett vorfand, den speichelfeuchten Knöchel seines Daumens im Mund. Er war zu schwer zum Tragen, also ließ sie ihn, wo er war, legte den Arm um seinen stabilen, runden Bauch in dem lotterweich gewaschenen Schlafanzug aus frottierter Baumwolle. Kreisel, Ballons und Bälle waren darauf, fein gezeichnet in Buntstiftfarben, das ganze Teil gemütlicher als ihre Nachthemden, die sich an den Beinen hochschoben.

«Fahren wir über Hannover?»

Was sie an ihrem Mann immer anziehend fand, war sein snobistischer Verzicht auf Insignien der Männlichkeit. Nicht alle. Eine messerscharfe Erinnerung an glatte, weißblonde Haare. Dabei hat sie nie erfahren, ob *sie* die Eigentliche war oder nur eine Vorhut, die erkunden sollte, wie der Professor zu Hause lebt, was seine Frau für eine ist. Aber er fährt nicht Auto, und er hat keine Ahnung von Geographie. Und es kommen keine Studentinnen mehr.

«Zwangsläufig. Spandau, Wolfsburg, Hannover. Warum?»

«Weil Merkel da spricht. Wären wir eine Stunde früher gefahren, hätten wir dabei sein können.»

«Ich seh dich schon mit dem Fähnchen winken.»

«Langsam werde ich Fan», sagt er, während er den schwarzen Plastikdeckel entfernt. «Bei dem, was in der Welt so los ist, können wir doch froh sein, dass wir diese dröge Tante haben.»

Sie schiebt das linke Bein noch ein Stückchen höher, so dass ihr Fuß eine Mulde in seine Hose drückt.

«Bei dem, was sie rein physisch leisten muss, bin ich jedenfalls baff, dass sie noch ihre acts together kriegt. Wahrscheinlich hat sie an einem Tag wie heute hundert Termine, muss tausend Hände schütteln und außerdem zwanzigmal dasselbe sagen, dabei aber fein aufpassen, mit wem sie spricht, Besserwessi oder Jammerossie ... Wie hat sich das eigentlich durchgesetzt, dass wir alle vom ‹Mauerfall› sprechen, so als wäre das von selber passiert?»

Er hebt die Klappe des Abfallbehälters, lässt den Plastikdeckel hineinfallen und schließt sie behutsam. Seine

Abwehr vor harten, metallischen Geräuschen: eine Spur, die der Zahnarzt seiner Kindheit in der Welt hinterlassen hat. Dr. Quälgeist, vor sieben Jahren gestorben; seine Schwester hat ihm die Todesanzeige geschickt, ein roter Buntstift-Smiley darauf, und er hat sie ihr beim Frühstück herübergereicht, ein Triumph.

«Na ja, friedliche Revolution ... wäre das besser? Ist doch ein Widerspruch in sich. Hat außerdem keinen guten Ruf, das Wort, jedenfalls bei uns. Da sieht man blutrünstige Spartakisten vor sich, der eine denkt an Lenin, der andere an Noske ... So eine Mauer, das ist doch ein gutes Bild, das versteht jedes Kind. Bei einer Mauer will jeder, dass sie fällt, es gibt gar keine guten Mauern, glaube ich ...»

«Gefängnismauer.»

«Festungsmauer.»

«Mauerblümchen.»

«Habe ich ewig nicht mehr gehört, das Wort. Du warst keins, nehme ich an. Schließe ich sogar aus. Aber Huberta vielleicht?»

Die große Schwester im selbst gestrickten Pullover, der volle Mund über den ein wenig zu eng stehenden Zähnen fest geschlossen. Sie liegt auf dem Bett und liest ein Buch über die Massai, und sie will auf keinen Fall mit zur Party.

«Vielleicht. Die meisten Jungs in der Schule waren ihr jedenfalls zu blöd.»

«Angriff ist immer noch die beste Verteidigung. War sie überhaupt mal glücklich verliebt?»

«Du hast sie echt gefressen, oder?»

Eine halbrunde Falte bildet sich am Ansatz seiner linken Augenbraue, wenn er wirklich nachdenkt.

«Ich glaube, wir sind beide nicht gerade aufeinander geflogen, als wir uns kennenlernten.»

«Niemand ist auf dich geflogen, wenn wir mal ehrlich sind. Du warst verheiratet, fünfzehn Jahre älter –»

«– was ich noch immer beziehungsweise wieder bin –»

«– und mein Prof, was die Sache nicht einfacher machte. Huberta hat wohl vor allem Angst um mich gehabt. Dass ich ein Kind von dir kriege, dich am Ende heirate und nichts aus mir wird.»

«Was für eine absolut absurde Vorstellung», sagt er, während er ihre Füße in beide Hände nimmt. «Gut, dass du wenigstens nicht meinen Namen angenommen hast.»

Sie schmiegt ihre Zehen in seine Handflächen und spürt nach, wie sein Daumen sich Richtung Ferse schiebt, kurz davor verweilt und eine kreisende Bewegung macht. Die ihr einen Schauer durch die Wirbelsäule jagt, so dass sie schlucken muss und kurz die Augen schließt.

«Gut ist vor allem», sagt sie nach einem Moment rieselnder Selbstbesinnung, «dass wir damals so wenig Kontakt hatten, so wenig wie jetzt ungefähr. Ich hatte keine Gelegenheit, mich bei ihr auszuheulen. Konnte keine wahren Schauergeschichten von dir erzählen.»

Das Jahr der Trennung, das zwischen ihnen liegt wie ein Graben, der mit dem Farn der Vergebung zugewuchert ist. Tief drinnen bewegen Würmer, Dachs und Maulwurf das bittere Erdreich, wühlen es unermüdlich um.

Sein Handy brummt. Er nimmt es in die Hand und scrollt. «Sie übertragen die Merkel. Ich höre mal rein, dann kann ich deinem Vater heute Abend Rede und Antwort stehen.»

Gute Abzweigung. Sie nimmt ihren Laptop aus der Tasche, die sie im Hotel einmal umstülpen wird, damit Tabakkrümel, Bonbonpapierchen und kaputte Stifte den Weg alles Irdischen gehen.

«Ich checke mal die Mails», sagte sie, während er sich Kopfhörer in die Ohrmuscheln drückt, «wahrscheinlich ist seit gestern wieder mindestens ein Notruf eingegangen wegen der Kündigung des Chorraums.»

Doch stattdessen ist da Angelika.

Liebe Bettina, ich schreibe dir aus Edinburgh, wo ich vorgestern angekommen bin. Die Stadt ist toll, ich bin am Ende; vollkommen puzzled, verstört und vermutlich «ent-täuscht», aber zu so einem einwandfreien Gefühl überhaupt nicht in der Lage.
Ich hatte vier Tage aus dem Kalender geschnitten, Marie bei den Nachbarn untergebracht, ein paar Termine verschoben, alles generalstabsmäßig geplant. Beine rasiert, Zähne poliert, Augenbrauen gezupft. So eine Art magisches Denken, äußere Ordnung zum Ausgleich für inneres Chaos. Beinahe hätte ich mein Testament gemacht.
Sogar die Küche war tipptopp, als das Taxi kam. Am Flughafen saß ich am gate wie eine hochgeladene Batterie. Schaute der Reihe nach die Leute an und *sah* ihre Biografie. Der Mann in Grau, mit dem Smartphone am Ohr, die aufgetakelte Tante am Espressostand, das junge Mädchen mit seiner Douglas-Tüte auf den Knien - alle Sorgen und alle Freuden kamen zu mir, weil ich ganz auf Empfang geschaltet war. Ich sah mit weniger *Dioptrien*, ich hörte mehr Phon, mein Hirn arbeitete wie verrückt. Ich bin alleine vom Flughafen in die Stadt gefahren,

weil Alasdair noch ein Seminar an der Uni hatte, und hab im Hotel eingecheckt, das ein absoluter Graus ist. Auf der website sah's ganz niedlich aus, geblümte Tapete, schwere Holzbalken unter der Schräge, Fenster wie Schießscharten, aber dann war es eine verräucherte Kabine gleich über dem Pub, wo es poltert und entweder Fußball oder Rockmusik aus den 80ern läuft. Im (!) Zimmer ist eine Duschkabine, davor liegt ein Feudel, der sich quasi schon von selbst bewegt und irgendwann Mutti zu mir sagen wird. Wahrscheinlich habe ich nicht richtig hingeguckt, aber selbst wenn, was nutzt die Regel, dass man unter drei Sternen sowieso nicht buchen soll, wenn man das Geld nicht hat. Und außerdem habe ich mir gesagt, das ist ja sowieso eine camouflage, nach zwei Mal sehen - nämlich in Paris - und ein paar ziemlich aufgedrehten Mails kann ich mich nicht officially bei ihm einquartieren, obwohl er das vorgeschlagen hatte, aber es läuft ja doch darauf hinaus, dass wir die Zeit bei ihm verbringen, es kommt also nicht darauf an. Ich hatte an der Rezeption Bescheid gesagt, dass er hochkommen möchte, und saß im Dunkeln auf dem Bett und wartete. Ich weiß nicht, wann ich jemals so gewartet habe, so ganz leer und gleichzeitig ganz ausgefüllt. Man kann mit Warten vollkommen beschäftigt sein. Dann klopfte es, ich machte die kleine Lampe an und sagte «Come in», die Tür war nur angelehnt, und dann stand er da, drei Schritte von mir entfernt, und rührte sich nicht, und ich war auch wie erstarrt. Er sagte «You changed your hair», ich sagte «a little bit», und irgendwie stand die Welt still und es bewegte sich nichts.
Er wollte raus aus dem Zimmer, das war vollkommen klar. Nichts mit Klamotten runterreißen und ins Bett. Wir waren in einem dritten Zustand. Nicht in dem von unseren Mails, nicht in der Fasson von Paris. Das war alles weg. Es war eher so, als fingen wir von vorne an: Nice to meet you, Mr. Harvie; How are you, Mrs. Gunderwohl. Ich habe einen Witz gemacht, aber der rutschte weg.

Er fand das Zimmer nicht so schlimm, aber ich glaube, er wollte das schon nicht an sich ranlassen, wollte nicht verantwortlich sein für jedes kommende Desaster. Wir sind also raus, haben in einem kleinen asiatischen Lokal irgendwas gegessen und dünnes Bier getrunken und Konversation gemacht, was man gesehen haben sollte in der Stadt usw., er hat sofort damit begonnen, mich wegzuorganisieren, Museum hier und Hafen dort, und ich saß da wie eine höfliche Touristin und dachte, soll ich den Bann brechen oder das Spiel mitspielen, vielleicht hat er es mit der Angst bekommen, das soll es ja geben, wenn man verliebt ist, und dass er verliebt war, das habe ich ja sozusagen schriftlich, in den Mails, aber ich kann sie ihm ja nicht unter die Nase halten wie eine Staatsanwältin. Und als er mich zurückbrachte ins Hotel, habe ich einfach den Arm um seine Taille gelegt, also um seinen ziemlich offiziellen Mantel, und er hat kurz den Arm um meine Schulter gelegt und dann, bei der ersten Gelegenheit, wieder Abstand genommen. Und von dem Gefühl, das wir in Paris hatten, beide hatten, das kann ich schwören, war einfach nichts und gar nichts mehr da, kein Strom, kein Blitz, nicht mal ein Glimmen zwischen uns. Also bin ich dann in die Vernunft gegangen und dachte mir, da braucht jemand einfach Zeit, und vielleicht müssen ja auch beiderseits ein paar Projektionen abgetragen werden, die sich aufgebaut haben in den dreizehn Wochen seit Paris, wo wir, wie's der Zufall will, beide einen Vortrag gehalten haben über den ersten Augenblick und die Autonomie der Wahl, ich bei Jane Austen, er bei Charlotte Brontë, und ich kam mir entschieden mehr vor wie Marianne als wie Elisabeth, eine Hysterikerin, die in die Irre geht. Wir haben uns verabschiedet wie höfliche Tiere, ein Kuss auf die Wange und eine Verabredung für den nächsten Tag, er wollte nicht, dass ich ihn von der Uni abhole, verglichen mit seinem Büro sei mein Hotelzimmer ein viktorianisches Luxusquartier, sondern mich gleich im Museum treffen. Und ich habe mir im Pub noch drei Flaschen schweres Bier besorgt und in diesem Kämmerchen auf dem Bett gesessen (es gibt einen Stuhl, aber der scheint mir noch weniger belastbar als diese Geschichte, wie sie sich entwickelt hat) und alle unsere Mails gecheckt und nach etwas gesucht, was ich übersehen haben könnte, irgendein Alarmsignal. Weißt du noch, unser Lieblingszitat von Luhmann in den späten Neunzigern? «Zeitlich gesehen liegt die Generalisierungsleistung der Liebe in der Überbrückung von Intervallen zwischen sexuell motivierten Kontakten»? Und das wäre ja der Beweis für meine Hysterie, bei mir braucht es noch nicht mal die Kontakte, es reicht schon, wenn sie beinahe stattgefunden hätten oder man sie als Wunsch zur Sprache gebracht hat, so wie es bei uns eben war, denn am ersten Abend in Paris sind wir nach dem Essen mit den anderen nur noch weitergezogen, in eine andere Kneipe, und da haben wir dann gesessen, bis die Vögel zwitscherten bzw. die Mülltonnen geleert wurden –

«Sagenhaft.»

Bettina schaut hoch und sieht Johannes zerfurcht.

«Was?»

«Sie halten Assange noch immer in der Botschaft fest.»

Sie versucht, sich an das Gesicht zu erinnern. Teigig, bleich, Lippen wie ein Saxophonist. Die hellen Augen eingedrückt ins selbstverliebte Gewebe.

«Ich denke, er ist freiwillig da?»

«Freiwillig, insofern ein Haftbefehl gegen ihn vorliegt, und wenn er die Botschaft verlässt, dann werden sie ihn vollstrecken.»

«Dann kommt er nach Schweden, oder? Es kann einem, glaube ich, Schlimmeres passieren, als in einem Untersuchungsgefängnis in Schweden zu sitzen.»

«Sie haben ihn in der Botschaft nicht einmal befragt!» Seine Stimme nimmt jenen drängenden Ton an, mit dem er im Seminar sein adoleszentes Gefolge zu einer unfehlbaren Einsicht brachte, die sie begleiten sollte immerdar. «Das hätten sie locker tun können, das wäre juristisch völlig normal. Aber sie tun es nicht. Sie haben noch nicht einmal Anklage gegen ihn erhoben, zwei Jahre lang nicht!»

«Scheint verwickelt zu sein», sagt sie, um der Sache ein Ende zu machen.

«Sag mal, verstehst du nicht, worum es hier geht? Die USA will ihn in die Finger kriegen!»

«Erst mal doch wohl die Schweden.»

«Um ihn anschließend auszuliefern.»

«Woher willst du das wissen?»

Er seufzt.

«Bettina, er hat Kriegsverbrechen der USA an die Öffentlichkeit gebracht. Er wird als Spion verfolgt. Und es spricht alles dafür, dass die Schweden mitspielen. Sie verfolgen die Anklage nicht, sie lassen ihn jahrelang schmoren in einem Zimmer – das die CIA mit Sicherheit verwanzt hat –, damit er die Nerven verliert.»

«Im Moment geht es doch wohl», sagt sie, während ihr Unwille wächst, «um einen Vorwurf wegen Vergewaltigung?»

«Aus dem eben kein Prozess wird, wahrscheinlich war ja auch nichts dran. Aber inzwischen denken bei Assange die meisten Leute an sexuelle Belästigung und nicht mehr an amerikanische Soldaten, die unter Gelächter auf Zivilisten schießen. Du ja auch.»

«Ich denke im Moment an ganz was anderes. Ich lese nämlich gerade eine Mail von Angelika, die –»

«– wahrscheinlich einen Klempner braucht. Und einen Mann.»

«Lass das mal ihre Sorge sein. Wolltest du nicht überhaupt Merkel hören?»

«Hat noch nicht angefangen. Dann bin ich auf diese Sache gestoßen, ist schon Monate alt.»

«Mannomann, und das ist jetzt so wichtig?» Der Laptop rutscht ihr beinahe vom Schoß, als sie die Beine anwinkelt. «Ihr könnt es echt nicht gut aushalten, oder, wenn eine Frau mal Ernst macht mit ihrem Recht auf sexuelle Selbstbestimmung?»

Er sieht sie an wie vor zwanzig Jahren, als sie bei einem Abendessen harmlos sagte, «Emilia Galotti» sei eine typische Schiller'sche Frauenfigur. Kein moralischer Vorwurf, sondern etwas Schlimmeres.

«Da hat es doch, so wie es aussieht, gar nichts gegeben, das war doch von der CIA gefinkelt. So funktioniert Rufschädigung. Man nennt das *character assassination.*»

«Warum habe ich inzwischen das Gefühl», sagt sie, ohne zu überlegen, «dass dein Lieblingsfeind wiederauferstanden ist? Wahrscheinlich kann man unseren Altersunterschied am einfachsten daran erkennen, dass die CIA für dich das ist, was für mich –»

Sie sucht nach einer Fortsetzung.

«Michael Jackson? Jürgen Bartsch?»

«Der war mein Schrecken», gibt sie zu. «Aber auch eine Art Auferstehung. Komischerweise glaubt man nämlich wieder an das Gute im Menschen, wenn man die

Briefe liest, die er an diesen Psychoanalytiker geschrieben hat. Aber das willst du doch jetzt überhaupt nicht wissen. Du willst doch nur Seit' an Seit' stehen mit diesem merkwürdigen Narzissten, der wahrscheinlich denkt, alle Frauen liegen ihm zu Füßen, weil er gegen die USA kämpft.»

«Bettina, der Mann ist ein *Opfer.*»

Etwas rührt sie an seinem Nichtnachgebenwollen. Er hängt sich rein, er ist ein engagierter, pensionierter Mitbürger. Ein Gedanke, der sie jünger macht.

«Ich lese das später, okay? Wenn er nun schon zwei Jahre in dieser kolumbianischen –»

«– ecuadorianischen –»

«*ecuadorianischen* Botschaft sitzt und der Artikel schon ein paar Monate alt ist, dann kommt es auf ein paar Stunden mehr oder weniger auch nicht an.»

Sie knibbelt den Plastikdeckel von ihrem Kaffee. Ein perfektes Objekt, durabel für ein Jahrzehnt, das nach einer halben Stunde Gebrauch dem Müllkreislauf überantwortet wird; Spätfolge ihres Trödelns an eben diesem Morgen. Doch die Flüssigkeit, die ihr durch die Kehle rinnt, eine Liebkosung.

und dann ist er in sein Hotel, was ich schade, aber auch *nicht* schade fand, denn dieses allererste Beben, das kommt ja sowieso nicht zurück, und so eine Luhmann-Reserve, dachte ich, schadet ja nicht. Und so war es ja auch. Ich habe noch einen Kaffee getrunken, in dem Café, und dann bin ich in die Wohnung von Selmas Freundin, habe mich umgezogen und bin wieder zu der Tagung. Und als er da reinkam, beim dritten Vortrag, und als wir in der Pause nebeneinanderstanden, da war ich der reinste Zitterrochen, und er, ich schwöre, war's auch. Ich

könnte jetzt einen Indizienprozess beginnen, über die zweiten und die dritten Blicke und das Gefühl, als wir beim Schlussvortrag nebeneinandersaßen; natürlich gibt es kein Medium, in dem sich so etwas nachweisen lässt, doch wenn das irgendwann mal erfunden wird, ein Messgerät für atmosphärische Verdichtung, für eine Elektronensymbiose aus gebändigter Lust und Sublimation der Erotik in die zeitliche Verschiebung (ein Luhmann-Thermostat?), dann wären wir ein leuchtendes Beispiel. Und darin irre ich nicht, denn so ein Schlag, den man bekommt, wenn sich die Hände berühren, den bekommen schließlich beide - und da gab es keinen Teppichboden. -
Gut, so weit der backfischhafte Teil. Versuchen wir, erwachsen zu sein. Am nächsten Tag bin ich durch die Museen gelaufen und habe lauter Frauen gesehen, die mir Angst gemacht haben. In Würde gealtert. Geld für Zeit und Kultur. Aparte Jacken, Ketten aus bestem Kunsthandwerk, dezent, aber originell. Gar nicht geliftet, oder so, dass man's nicht sieht. Und alle entsetzlich traurig, weil sie keiner mehr sieht. - Ich war also ziemlich beklommen, als wir uns vor dem Museum getroffen haben; wir dann zu Fuß zu seiner Wohnung. Papiere, Bücher, ein paar Stillleben von seinem Vater, der wohl Hobbymaler war, alles schön, ordentlich, aber nicht zwanghaft. Er hatte eingekauft und machte einen Wein auf, fragte, ob ich Schubert mag, kochte entspannt nebenher und deckte den Tisch, als hätte er's geübt. Und ich hörte nach einem Glas Wein auf damit, auf Stelzen zu gehen, und fragte, was man so fragt, wie lange er da schon wohnt, was mit seiner Familie ist etc. Es stellte sich heraus, dass er mit seiner Freundin da eingezogen war, die es eben nicht mehr gibt, die zurückgegangen ist nach British Columbia, wo sie an der Uni arbeitet. Und dass sein Vater vor einem Jahr gestorben ist und seine Mutter schon lange nicht mehr lebt. Und dann wurde es spooky. Er ist nämlich ein überlebendes Kind. Seine Schwester ist von einem Auto überfahren

worden, und seine Mutter ist in eine Depression gestürzt; das war in den Sechzigerjahren, als man die Leute noch mit Haldol behandelt hat, also irgendwie ruhiggestellt, und als das nicht geholfen hat, da hat man's mit Elektroschocks versucht. Und als sie zurückkam aus dem Krankenhaus, da war sie, sagt er, nicht mehr sie selbst, sie war ein Automat geworden, ein Mensch, der seine Pflichten erledigt, aber weder lachen noch weinen kann. Inzwischen waren wir bei der zweiten Flasche Wein, und ich war nicht mehr so auf dem Quivive, wie vielleicht gut gewesen wäre. Das Gespenstische war: Der ganze Abend war so, wie ich ihn mir erträumt habe. Wir sind bei ihm zu Hause, alle Details sagen, dass ich willkommen bin, *er* spricht *von sich*. Und zugleich fühlt es sich merkwürdig an, irgendwie gar nicht an. Nicht, weil wir uns nicht angefasst haben. Nicht, weil es nicht flirtatious war - was ja auch nicht ganz passend gewesen wäre bei so einem Lebensroman. Sondern, weil es wie eine Aufführung war. Als wollte er mir zeigen: Guck, so schön könnte es sein mit uns: Der Uni-Tag ist zu Ende, wir treffen uns hier, wir kochen und reden und hören Musik - wie ein perfektes Paar in einem perfekten Film. Und ich war vollkommen leer, ausgehöhlt, selber wie ein Automat.
Bettina, er hat mich zu seiner Mutter gemacht. Denn er hat sich ja in mich verliebt. Und dann stand ich leibhaftig da, und es war aus. Weil es hätte gut sein können. Weil es das höchste Risiko war. Also hat er den Schalter umgelegt. Hat sich verhalten wie seine Mutter, unerreichbar und tadellos. Und ich habe im Netz gezappelt, so wie er, als er ein kleiner Junge war. Und jetzt hatte er die Macht. Jetzt war er unerreichbar. Natürlich war das nicht bewusst. - Das klingt vielleicht wie Spinnerei, aber es ist die einzige Erklärung. - Wenn Luhmann nicht mehr hilft, hilft Freud.
Ich sitze in einem Café und schreibe dir, um einen klaren Gedanken zu fassen, bevor ich ihn nachher sehe.

Er hat mir gestern ein Taxi gerufen, und ich war so ohne jeden Impuls, dass ich auch das ganz einfach hingenommen habe, und als ich wieder in meiner kleinen Bruchbude war, da habe ich mich ins Bett gelegt und bin sofort in den Schlaf gerutscht. Um 18 Uhr geht mein Flugzeug zurück, wir treffen uns wieder in einem Museum, und dann will er mich zum Flughafen bringen, und ich weiß einfach nicht, was ich machen soll. Ich bin wie gelähmt und denke, soweit ich denken kann: Du hast noch einmal drei Stunden, um das Richtige zu tun, um diesen Bann zu lösen, um dich und ihn aus diesem Zombietum zu retten, du musst es nur finden, das Zauberwort, und dann dreht sich die Weltkugel wieder und alles erwacht zum Leben zurück, die Leute sprechen nicht nur, sondern fühlen auch etwas dabei, ihr Blut hat sich wieder erwärmt, der ganze Spuk ist vorbei. Und es wird nie wieder vorkommen, weil es verstanden ist, und was verstanden ist, das ist geheilt. – Wenn ich nach Hause komme, ist Marie noch bei diesen bescheuerten Nachbarn, ich hole sie morgen ab. Ich habe das Gefühl, ich fahre in eine Kulisse. Ich bin eine Kulisse. Kann ich dich anrufen? XOX, Angelika

Einmal über die Lahn, einmal über die Dill, dann sind sie auf der Autobahn. Sie werden, immerhin, die Sonne im Rücken haben. Hubertas Mundhöhle fühlt sich kraterhaft an, ausgedörrt und wund, und hinter der Stirn drückt ein Riegel aus Stahl unbarmherzig nach vorn, beschwert ihre Lider und macht den Blick starr und maschinenhaft.

Gestern war ein Scheiß-drauf-Abend; vielleicht eine unerwünschte Nebenfolge der Unterhaltung mit Ulla beim Schichtwechsel, wo sie ihr ausgeliefert ist. Unter der Woche lohnt es sich nicht, dass mehr als ein Erwachsener die Holzperlen und den Fair-Trade-Kaffee behütet; die Touristen sind dafür nicht gekommen, und die Einheimischen brauchen keine Aufklärung mehr. Außerdem liegen überall Flyer, und an den teuren Sachen – Silberschmuck, Saris und Kindermöbel, die Drachen oder Elefanten nachgebildet sind – wird auf dem Etikett eigens vermerkt, welche Kooperative unter welch einwandfreien Bedingungen dieses neue Lieblingsstück erschaffen hat.

Ihr verhärmtes Herz schwillt auf, wenn sie auf den Plaketten schwarze Frauen sieht; bloße, muskulöse Arme, die in einen Webstuhl greifen oder in einem Zuber rühren –. Als würde der Manioksirup, den sie für 18,99 Euro die Flasche verkaufen, noch am Rande des Dorfplatzes hergestellt, inmitten barfüßig herumtollender Kinder. Der Schrecken über den Lauf der Welt, schon klar, darf die seelenstärkende Zufriedenheit nicht trüben, mit der man einen knappen Zwanziger für ein Fläschchen hinterlegt, das in die Jackentasche passt und einen zu Hause vor komplizierte Aufgaben in der Zubereitung stellt. Das meiste, weiß sie aus Kundengesprächen, wird ohnehin weiterverschenkt; ein doppelt guter Ablasshandel, den ihr stolz dekorierter WeltLaden (das «3.» im Schild zu übermalen, hat zu einem trostlosen Ergebnis geführt, weshalb ein neues bestellt werden musste) in der lieblich-krummen Fachwerkstraße zwischen Dom und St.-Elisabeth-Kirche für jeden Wohlgesinnten ermöglicht.

Dass sie in Afrika *geforscht* hat, gibt ihr einen besonderen Status in der kleinen Truppe Freiwilliger, die hier stundenweise – wochentags zwischen 11 und 19 Uhr, samstags in Doppelschicht ab 10 – ihr lauteres Werk verrichtet und alle drei Monate zu einer Teamsitzung zusammenkommt, in der sich Rüdiger vergeblich für Waren aus Südosteuropa einsetzt (undurchsichtige Lieferwege, vor allem aber nicht nachweisbare ökologische wie faire Produktionsbedingungen) und Marion schwer verdauliche Plätzchen aus Maismehl herumgehen lässt. Ulla, Lehrerin und in der Gruppe stets zurückhaltend, nutzt ihre Übergabe am Donnerstag gern für ein Schwätzchen. Sie stützt ihren sackartigen Körper neben der Auslage von Mitnahmeartikeln ab, die an manchen Tagen den Hauptumsatz bringen (recycelte Kugelschreiber und handgestaltete Karten, vor allem Ohrstecker aus allergiegeprüftem Kupferdraht mit bunten Glasperlen – die «späte Rache der Kolonisierten», wie Udo bei der Weihnachtsfeier gallig anmerkte), und lässt Huberta wissen, wie sie ihr Wochenende verbracht hat. Das Wochenende ist das Zauberwort der Festangestellten, zu denen Huberta nie gehörte, weshalb sie dessen Würdigung mit Überlegenheitsgefühl und Neid über sich ergehen lässt. Nun gab es ein Geburtstagstreffen des schwäbischen Clans («mich hetts hier dursch Heirat hin verschlage») im Bauernhof des Onkels – «mer waret zwanzisch Leut, also nur de engschte Familie» –, leider total verregnet, aber so lustig! Kartenspiele, Kochen, gemeinsam singen, die Patriarchin fast taub, dennoch selig lächelnd im Schaukelstuhl dabei, irgendeinen Nachkömmling, «so ein Schätzle», auf dem ausgedörrten Schoß …

Den Korb mit der eingehüllten Lizzy, ihre sieche, familiäre Fracht, hielt sie fest an den Bauch gedrückt, als sie durch die auf- und absteigenden Sträßchen zum Parkplatz marschierte, und griff beim Tanken für die Strecke nach Minden (299 km, 2 Std. 31 Min.) zwei Flaschen Pinot Grigio (fahl wie Leitungswasser, aber bio und billig) aus dem Kühlregal; entschlossen, sich rückstandslos aus dem Gehirn zu spülen, was für kaputte Sehnsüchte die sämig zufriedene Dreifachmutter Ulla («die hebbet Spass gehabt, meine Kleine») unwissend auf den Plan gerufen hat. Und das schmerzliche Wundern zu ertränken, dass es offenbar auch *nicht* dysfunktionale Familien gab – nervig vielleicht, bestimmt nur von innen gut zu ertragen, aber eben nicht beschäftigt mit düsterer Seelenkunde und dem Management von Enttäuschungen.

Das letzte Treffen aller Geschwister liegt nur ein Jahr zurück, wurde aber mittels Vermeidung erfolgreich durch das schleppende, schmale Gewässer gehievt, das sie alle mit ihrem Vater verbindet und von dem sie nicht weiß, ob es versickern oder sich neue Wege suchen wird nach seinem Tod: ein paar höfliche Sätze mit Sebastian über die Fahrt, eine Erkundigung bei Mora über Adriana, eine Geburtstagsumarmung mit Bettina, deren untere Rippen sich in ihre Hände schmiegten wie Lizzys struppiger, armer Leib – zerbrechlich, aber stabil. Und, natürlich, ein paar kantige Witze mit ihrem Schwager, der erzengelhaft, das silbergraue, weich gewellte Haar in eitler Bewusstheit immer wieder hinter die Ohren streichend, zwischen den Bistrotischen umherwanderte und seinen Charme gleichermaßen auf alle regnen ließ.

Nie waren Bettina und sie in dieselben Männer verliebt. Und doch gab es einen feinen Stich, mit einem Dolch von unbekannter Hand geführt, als sie Johannes im Wohnzimmer bei ihrer Mutter sitzen sah, auf Antrittsbesuch: die Hände nonchalant über der Lehne des lindgrünen Sessels wie erschlaffte, edle Vögel nach dem Flug, die langen Beine übereinandergeschlagen und leise wippend; voller Aufmerksamkeit. In seiner Gegenwart fühlten sich die Menschen, wie Huberta schmerzlich bemerkte, klüger und freier, sie wurden zu einer kühneren Version ihrer selbst, als nähme seine Geistesgegenwart auch von ihnen Besitz. Ihre Mutter erstrahlte in einem bräutlichen Glück, das Bettina in ihrer Erleichterung nicht anfocht; geduldig lauschte sie dem Austausch dieses frischen Paares über die Renaissance im süddeutschen Raum, das bürgerliche Portrait und die Insignien der Wohlhabenheit, als sei dies der Sinn dieses Sonntagnachmittages im Mai. Und so war es ja auch: nichts Fassbares gab hier den Ausschlag; es galt weder Rinder noch Münzen zu zählen, um die Zusammenführung zu ermöglichen; kein Ältestenrat, kein Feuersprung und keine Urkunde konnten zur Entlastung dieser Zukunft dienen. Entschieden wurde atmosphärisch: Gibt das Elternpaar der Tochter mit Freude seinen Segen, knirschen die plombierten Zähne ob der eigenen Machtlosigkeit, oder übt es sich in abwartender Zurückhaltung?

Sie war gerade zurück aus Äthiopien, wo sie bei den Hamar die Bestimmung eines Paares aus schüchterner Ferne hatte miterleben dürfen: die familiären Beratungen, dem Ethnologen aus Berlin mit seiner studentischen

Schar in ausgewählten Einzelheiten mitgeteilt; die unaufgeregte Sachlichkeit der mittelbar Beteiligten, psychische Lockerungen wie Alkohol oder andere Drogen schmähend und allein durch Tracht, Schmuck und besondere Nahrung darauf bedacht, die Verhandlungen mit Würde zu stützen; bei, wie sie es verstand, offenem Ausgang. War dort das Ensemble im Mittelpunkt und die symbolische Ordnung selbst die Hauptfigur – stimmlos, aber mächtig und strahlend wie die Gestirne –, schien hier alles dahinzutreiben wie die frühsommerlichen Wolken im fränkischen Land, sich kräuselnd und zusammenfindend zu Gebilden, die bald wieder verdunstet waren. Und jeder würde zur Nacht seinen duhnen Kopf auf das Kissen legen und einzig mit sich selbst erwägen, was zu erwarten sei, unmittelbar unter dem Eindruck, den der Anwärter auf die eigene Eitelkeit hinterließ.

Die ihre, so viel geht ihr widerstrebend auf, war so affiziert wie gekränkt; sie wollte vom künftigen Mann ihrer kleinen Schwester *gesehen* sein. Womöglich spukte hier noch die Stammesgesellschaft in ihrer Seele herum (ein Anspruch auf Rangfolge, der in Erlangen natürlich ein ethnologischer Witz war), oder sie schob diese Hypothese als tröstendes Schild vor ihre Verletzlichkeit? Denn wund und bloß war sie zurückgekehrt nach Monaten der Unsichtbarkeit (oder allenfalls jener prekären Sichtbarkeit, die sie als weiße Fremde ohne Mann im Hüttendorf erduldete) und ausgehungert nach einem Blick, den sie als Entzücken deuten konnte. Doch Johannes schenkte ihr nichts. Konzentrierte sich mit strategischer Klugheit auf die ältere Generation, dosierte Ehrerbietung und Provokation («ja, beim SDS war ich auch dabei – aber nur ein paar Monate, dann war er schon aufgelöst») in wohl ausgewogener Weise und stellte ihr keine Frage, deren Beantwortung seine selbstgewisse Weltordnung hätte entlarven können. Die internationale Solidarität, das flocht er beiläufig ein, habe er in ihren Auswirkungen eher als blamabel erlebt, weshalb er sich, als Linker wie als Bürger, auf den bescheidenen Bereich beschränke, den er einigermaßen durchblicke ... So war sie auf den Platz des Lehrlings in der Weltgeschichte verwiesen, ein spätromantisches Überbleibsel, und ihr Aufbruch zu den *Anderen* war zu einem Kuriosum geworden, ein Anekdotenschatz, in dem Krankheiten wie geistige Getränke («Kuhblut und Milch, das hast du *herunter*bekommen?») Zierrat waren wie einst der Sarotti-Mohr. Ob sie auch keine Läuse mitgebracht habe, das wollte Dorothea vor allem wissen. Nur eine, die dir über die Leber läuft, dachte sie, aber tatsächlich blieb diese Laus bei ihr: Niemanden in dieser Familie interessierte die sogenannte Dritte Welt, niemand sah einen Sinn darin, die eigene, undurchdachte Praxis in einem wilden Spiegel zu sehen. Abendländischer Hochmut, das nahm sie damals an, gekränkt, wie sie war. Doch vielleicht nur die Beschränktheit einer Generation, die so starr nach vorne guckte, dass für den ethnologischen Seitenblick keine Bereitschaft übrig blieb?

Nirgends Verbündete jedenfalls; auch ihre Geschwister mit ihrer unmittelbaren Zukunft beschäftigt, mit dem Bestehen der Rituale. Umzug und erste eigene Wohnung, Führerschein, Bakkalaureat oder Verlobung: in einer kleinbürgerlichen, aber mächtigen Drift, die sie auseinanderführte. Keine Spur der Freiheit mehr, die sie eigentlich hatten. Und keine Horde mehr, deren patziges, glühend bewundertes Oberhaupt sie gestern noch gewesen war. Hier entstand eine Konstellation, die sie überflüssig machte: Bettina, unter ihrer liebenden Fuchtel vom ersten Wälzen im geblümten Frotteestrampler bis zu psychedelisch riskanten, schäumenden Nächten auf Erlanger Matratzenlagern, führte nun diesen Johannes ihren Eltern zu, in jener euphorischen Raserei, die ihr von klein auf eigen war und die unbegreiflicherweise noch zu keiner Havarie geführt hatte. Bis dahin! Doch dies quicke, unbedenkliche Geschöpf, mehr das ihre als das ihrer Eltern – Dorothea unaufhörlich um sich selbst drehend, eine Spindel, die glitzernde Fäden um sich wickelte, und Georg, der sich unerreichbar machte in seinen unanschaulichen Pflichten –, Bettina war neben diesem Mann zum Groupie gestutzt; schillerndes Beiwerk, das durch Abnutzung seinen Glanz verlieren würde. Und Sebastian, den sie verlassen hatte als einen schüchternen, aber besonnenen Knaben, hatte sich eine bürgerliche Rüstung zugelegt; etwas misstrauisch Zurückgezogenes nistete in seinen flachen Augenwinkeln, und hinter seiner jungmännerhaften Eleganz (Lederslipper, graue Wollpullover über hellblauen Hemden) witterte sie ein verdrehtes, ödipales Streben: die Rettung vor den Schrecken des Erwachsenseins durch Nachahmung des Vaters.

Bettina und Johannes übernachteten im Hotel, während sie und Sebastian in den Kindheitszimmern schliefen. Das ihre war inzwischen für Dorotheas unaufhaltsam wuchernde Garderobe reserviert; ein nach Lavendel und

Mottenkugeln muffender Schrein, in dem die Hinterlassenschaften ihrer Jugend auf ihren Abtransport zu warten schienen. Sie horchte über den Flur und kämpfte mit ihrem Verlangen nach Trauer oder Gelächter, nach geschwisterlicher Einigkeit, die das eben Erlebte zu einer Episode machen sollte, etwas Überstandenem wie ein missratener Familienausflug. In die Küche huschen, eine Flasche Weißwein und zwei Gläser stibitzen, mit dem Ellenbogen sanft an die Tür klopfen war eins, das Zweite war das Spähen ins Dunkle, auf Sebastians reglos lang gestreckten Körper unter dem Federbett. Unentscheidbar, ob er sie überhaupt bemerkte, verzagt und hoffnungsvoll, oder sie abblitzen ließ.

Die Brücken und das mulmige Gefühl, wenn beim Überqueren die Leere nach ihr greift, liegen längst hinter ihr; bis Iserlohn tuckern sie durch aufgeglühten Panoramawald; eine Märchenlandschaft, deren Riesen und Kobolde durch Hollywood in den Ruhestand versetzt worden sind. Lizzy schläft. Hin und wieder fasst sie mit der Rechten in der Babyschale nach einem Stückchen Fell, fühlt unter dem schütter gewordenen Gewölle die harten Verstrebungen, ihr sanftes Heben und Senken und darunter das eilige Pochen des unermüdlichen Herzens. Siebenundneunzig sei sie nun, hat Ulrike mit sachlicher Freundlichkeit bei ihrem letzten Besuch angemerkt, «es hat keinen Sinn, nach Gründen zu suchen, Huberta, sie ist sehr, sehr alt». Ihr knäbisches Gesicht, von Geduld und Mitgefühl geprägt wie eine abgegriffene Münze; sie hält Leben und Tod in der professionellen Schwebe, bis sie aufgefordert wird, Göttin zu spielen. Doch Lizzy hält sich am Leben fest wie eine Flechte am Mauerwerk; eine einzige, entschlossene Bewegung kann sie herunterreißen, aber bis dahin krallen abertausend winzige Fühler sich ein, und der halb verdorrte Körper rettet sich durch alle Wetter. Die letzten Nächte waren ruhiger; das fiepende, unheimliche Traumgeschehen ist von einem Dämmer abgelöst worden, in dem der Wechsel von Tag und Nacht zergeht. Da sie kaum noch etwas zu sich nimmt, ist auch die Inkontinenz kein wirkliches Problem. Doch schon das Wort hat ihre Freundin Ute in Alarmzustand versetzt. «Ich habe gerade meine Tante gepflegt, Huberta, bis sie im August gestorben ist, ich kann das einfach nicht. Willst du sie nicht bei dir in der Nachbarschaft jemandem geben, für die eine Nacht?» Als sie bei Georgs Einzug dort geschlafen hat, lag Lizzy munter schnuppernd in Utes einsamem Schoß, und Entzücken hatte deren trübes Mondgesicht von innen her erleuchtet. Nun sind sie aussätzig. Aber da inzwischen klar ist, dass Sebastian und Bettina ins Hotel gehen, kann sie den bescheidenen Service nutzen, den Georg ihr bietet, die Schlafcouch im Wohnzimmer, dessen taubenblaue Decke über den Büchern ihre seniorenhafte Haube aufspannt, die Lizzys winzige Fürze gnädig aufnehmen wird.

«Limburger Priesterwürger ...» Johannes rollt das Wort im Gaumen behaglich hin und her. «Ein antiklerikales, sozusagen aufständisches Gericht?»

«Nichts Neues jedenfalls», sagt Georg und schickt einen hechtgrauen Blick über die Lesebrille hinweg. «Hat nichts mit dem Bischof zu tun. Von dem, halten zu Gnaden, die Leute auch hier nicht alle so gerne hören. Wenn ihr euch nicht unbeliebt machen wollt –»

«Schon klar, Papa», sekundiert ihm Bettina, die sich zwischen ihm und Johannes platziert hat, während Huberta mit ihrer Babyschale gleich die Nische unter der denkmalgeschützten Balkenkonstruktion ansteuerte. Sie sitzen so nah beieinander, dass die steifen, mehr als DIN-A4-großen Mappen – außen genarbtes Leder, innen pergamentähnliches Papier mit heftig kursivierter Schrift – beinahe aneinanderstoßen. «Würde mir auch so gehen, die Leute hier können ja nichts dafür.»

Das ältliche Kindergesicht des Delinquenten steht ihnen vor Augen, die Ohren aufgespannt wie eine Fledermaus und die großen Zähne feucht und gräulich schimmernd.

«Soweit ich weiß», setzt Johannes nach, «ist er ja nicht gerade ein Importprodukt oder, sagen wir, vom Himmel gefallen. In Freiburg studiert, in Münster habilitiert, von einer deutschen Staatskanzlei vereidigt –»

«Und hat echt nichts ausgelassen, um sich als Arschloch zu profilieren», fällt ihm Huberta aus ihrer Ecke ins Wort. Vorhin, auf dem Parkplatz, im unbarmherzigen letzten Tageslicht, hat ihn ihr Gesicht erschreckt; ein verwittertes, verwüstetes Gelände, die braunen Augen mit

Kajal verengt und unter den mürben Lidern ein starrer Blick. Hier, zwischen Kerzenschein und Dämmer, erinnert sie ihn wieder an die nussfarbene Dritte-Welt-Fanatikerin, deren muffige Feindseligkeit ihn einmal sportlich herausgefordert hat. «Gegen die Homo-Ehe, Abtreibung ist sowieso des Teufels, und natürlich christliche Leitkultur –»

«– zu der goldene Wasserhähne unbedingt gehören.»

Ein Blick erstaunten Einverständnisses geht zwischen ihnen hin und her; die Kellnerin rauscht dazwischen. Ihre Molligkeit ist in einer Art Tracht ausgestellt; lindgrüne Kordeln kreuzen sich diagonal über dem engen Mieder, eine Schürze aus grobem Leinen fällt über den schwarz und tannengrün gestreiften Rock, und neben dem entblößten Schlüsselbein zittert ein Deutschlandfähnchen am Träger. Resch und rüstig fragt sie über Georgs Kopf hinweg: «Dürfen es schon Getränke sein?»

Unschlüssigkeit lässt sie alle schweigen. Sie haben zwei Flaschen Champagner in Georgs Wohnzimmer geleert, lose gruppiert und erleichtert über den Umstand, den so ein Antrinken verursacht – knallende Korken, überschäumende Gläser, Wegputzen und Anstoßen.

«Mir ist erst mal nach Wasser», sagt Sebastian, «vielleicht gleich zwei Flaschen, mit und ohne Kohlensäure?»

Georg fragt Mora, die rechts von ihm sitzt: «Ist dir das recht?» Etwas Prinzessinnenhaftes geht von ihr aus, schmal und in durchscheinendes Dunkelblau gehüllt, wie sie ist.

«Ich bin schon ein bißchen dizzy von dem Champagner», flüstert sie verschwörerisch, «ich trinke jetzt sowieso keinen Alkohol mehr.»

«Also, dann lassen wir es erst mal dabei», wendet er sich der Kellnerin zu. «Gibt es eine besondere Empfehlung von Ihnen, was das Essen betrifft?»

Sie hat schon darauf gewartet.

«Die Storzenieren werden sehr gern genommen, das sind aber keine Innereien, sondern Schwarzwurzeln, also Gemüse, das ein bisschen so wie Kohlrabi schmeckt, wenn Sie das kennen.»

Sie macht eine Pause und fährt fort: «Hier kommen so viele Leute, nicht nur Chinesen, die auch nicht wissen, was Kohlrabi sind, dass ich das immer noch mal frage. Also, da sind Hackbällchen dabei. Dann gibt es die Graupensuppe, das ist auch so was, was es in Restaurants kaum noch gibt, die kann ich auch sehr empfehlen, wenn Sie was typisch Westfälisches wollen. Die Rouladen mit Backobst sind die Spezialität von unserem tschechischen Koch, böhmisch sind auch die Hefeklöße mit vegetarischem oder richtigem Gulasch. Und immer gut ist der Saibling mit Mandeln. Das andere ist ja eher international, also Rumpsteak und Schnitzel, das kennen Sie ja.»

Johannes kann der Versuchung nicht widerstehen.

«Wir haben uns gefragt, was es mit den Priesterwürgern auf sich hat.»

Sie bringt ein erschöpftes Lächeln zustande.

«Das ist ein Kloß mit Spinat und Parmesan, eigentlich ein italienisches Rezept, da heißt es Strozzapetri. Auch gut für Vegetarier.»

«Vielen Dank», sagt Georg, um sie zu erlösen, «dann gucken wir jetzt mal in Ruhe.»

«Ich hätte doch gern gewusst», gibt Johannes bekannt, als die Kellnerin abgetreten ist, «ob sie das Deutschlandfähnchen nur heute trägt.»

«Wie ist das hier eigentlich mit der AfD, Papa?»

Während Bettina die Kohlen immer aus dem Feuer holt, legt Huberta gern welche nach.

«Kaum der Rede wert. Hier ist man, würde ich sagen, in aller Unschuld christlich-konservativ.»

Sebastian hält den Kopf konsequent über die Karte gebeugt. Georg weht eine Ahnung an, dass zwischen Mora und seinem Sohn nicht alles zum Besten steht. Beim Champagner hielt sie sich neben ihm, während Sebastian sich vor allem für den Ausblick interessierte. Oder sieht nun er die Gespenster, die Dorothea immer heraufbeschworen hat?

«Eure Mutter», fährt er fort, und schaut erst Bettina, dann Huberta an, die sich so wenig ähnlich sehen – hier alles Hauch und Silber, da etwas Griffiges, aber auch Bitteres, das er nicht deuten kann –, «hätte wahrscheinlich nach einem Krabbencocktail gefragt. Nach alter Gewohnheit habe ich nachgeguckt, und den gibt es auch.»

Niemand hat Dorothea bisher erwähnt, auch Bettina nicht bei ihrem kurzen Toast. Nach all den Jahren wissen sie noch immer nicht, wie man das macht, wollen nicht an seine Witwerntrauer rühren. Und er findet keinen Weg, ihnen zu sagen, dass sie sich nicht fürchten müssen.

«Den nehme ich», sagt Bettina. «Und es ist mir ganz egal –»

«– ob Sellerie drin ist», springt Huberta ein. «Ist das nicht verrückt, was einem in Erinnerung bleibt, ich meine, *auch?*»

Ein Schweigen entsteht, dem Sebastian ein Ende macht.

«Wenn ihr alle eine Vorspeise nehmt, dann würde ich diese Graupensuppe probieren.»

Er hatte immer Angst vor Gefühlen oder sie jedenfalls sorgsam verwahrt. Und einen nervösen Magen, das vielleicht als natürliche Konsequenz.

«Die liegen schwer», sagt Georg, um seiner Liebe einen unpeinlichen Ausdruck zu geben. Aus dem traurigen Lord Fauntleroy ist ein gewissenhafter Vater geworden, der mehr über seine Kinder weiß als er von den seinen. Wenn sie telefonieren, gibt er in der Regel eine Art psychologischer Gesamteinschätzung ab, als wolle er beim Großvater ein Misstrauen zerstreuen, das der nicht hat – oder ihn in höflicher Weise auf einen Platz im Parkett verweisen. Dabei ist er ohnehin überzeugt, dass Adriana zum Weltumwälzen geboren ist. Vom ersten Augenblick an, den seine Enkelin ihm schenkte, schelmisch amüsiert, und ihm die winzigen Finger weit gespreizt entgegenstreckte, als wollte sie ihm ihren Segen erteilen, war er erfüllt von Zuversicht.

Die Kellnerin bringt das Wasser, sammelt die Mappen ein und nimmt die Bestellungen auf. Alle wollen Vorspeisen, das Dessert aber erst später entscheiden. Georg ordert Pfälzer Bio-Riesling für die Fischesser und Burgunder: «Den führt der Weinhändler hinter dem Dom, der ist in Ordnung.»

«Wollen Sie ein Schälchen Wasser fürs Hundi?»

Langsam, wie in Trance, sagt Huberta: «Ich danke Ihnen, nicht nötig. Sie schläft.»

Sie hat den Hund beim Treffen in Georgs Wohnung im Auto gelassen, was Johannes überraschend taktvoll fand. Klar, Kinder und Tiere nehmen dir Aufmerksamkeit, das ist so ein Satz von Bettina, der immer noch sticht. Dabei rebellieren einfach seine Nerven, wenn er nur an den Geruch aus ihren Schnauzen denkt. Und die müssen *nie* zum Zahnarzt.

Eine ratlose Pause ist auf den Abgang der reschen Bedienung gefolgt, nur unzureichend überspielt vom Klappern und dem wohlerzogenen Gemurmel der Gäste im Hintergrund.

«Wie ist das eigentlich, Papa», fragt Bettina in einem gesammelten Ton, der ein allgemeines Gespräch anmoderieren soll, «hörst du dir die Reden vor deinem Geburtstag an?»

«Nicht immer, aber Merkel heute schon. Wenn man alles rausstreicht, was sie ohnehin sagen muss, ist doch interessant, was übrig bleibt.»

«Zum Beispiel, dass sie es *abstoßend* findet, was ihre Landsleute vor den Asylbewerberheimen aufführen», nimmt Johannes den Faden auf.

«Was ja wohl das Mindeste ist», bemerkt Mora mit einer Schärfe, die ihren Schwager überrascht.

«Die sind doch vollkommen blind auf diesem Auge», sagt Huberta erwartungsgemäß, aber für ihre Verhältnisse matt. «Die reden von Linksextremismus, aber was diese gepamperten Kleinbürger da im Osten anstellen, das wird gar nicht systematisch verfolgt. Das interessiert den sogenannten Verfassungsschutz doch überhaupt nicht.»

«Also meiner Erfahrung nach», meldet sich Sebastian aus seiner Besinnungspause zurück, «beziehungsweise der von Adriana, sind diese sozialen Dienste schlicht vollkommen unterbesetzt, und das schafft natürlich Probleme. Sie geht ja zweimal die Woche in so eine Unterkunft für minderjährige Flüchtlinge, und was da los ist, das ist einfach skandalös. Die wissen nichts mit sich anzufangen, die hängen in bürokratischen Warteschleifen, und irgendwann macht natürlich immer einer Randale.»

«Und die Polizei», sagt Mora, «fährt gar nicht mehr hin. Oder lässt viel Zeit vergehen, damit endlich einer vom Balkon springt.»

«Na, mit den Typen bei uns am Oranienplatz möchte ich aber auch möglichst wenig zu tun haben.» Johannes kann nicht anders, er muss bei jedem Einvernehmen kratzen. «Die mischen gerade die halbe Stadt auf mit ihrem Hungerstreik. Das ist schon Chuzpe – sich einen Bus kapern und in die Hauptstadt fahren und da ein wildes Camp aufmachen –»

«Aber das bei uns in Vaterstetten, das sind *Kinder.*»

«Die haben ihre Eltern doch auf die Reise geschickt. Das ist schon mal ein Verbrechen. Und dass die alle sagen, dass sie erst vierzehn sind, ist doch klar, das haben die Schlepper ihnen eingebläut.»

«Willst du damit sagen», fragt Huberta, die mit ihrem ersten Glas Riesling schon fertig ist, «dass sie dann doch, *irgendwie*, ein bisschen selber schuld sind? Dass sie kein

Recht haben, vor dem Krieg oder dem Verhungern zu flüchten?»

«Wieso habe ich das Gefühl, dass du mir das Wort im Mund herumdrehst? Die meisten, die kommen, sind doch eben nicht die Ärmsten der Armen. Für die wurden ein paar Tausend Euro gesammelt, damit sie sich auf die Reise machen können. Und die, von denen ich spreche, die kommen nicht aus Syrien, sondern aus Ländern in Afrika, in denen einfach nichts vorangeht, weil –»

«– die Entwicklungshilfe doch bei den Potentaten landet. Da bist *du* ja Spezialist.»

Zwischen Hubertas Augenbrauen steht der Zorn, was es schwer macht, ihre Stimmung zu lesen; man muss diese parallelen, tiefen Kerben in Gedanken erst einmal entfernen. Ihr Mund ist immer noch voll und schwungvoll gezeichnet, aber in den Winkeln hat sich Skepsis eingenistet, als sei sie es müde, Forderungen zu stellen.

«Bist du nicht auch», versucht Bettina, die plötzliche Feindseligkeit zu überspielen, «bei so einer Initiative?»

«Wir kümmern uns», sagt Huberta, «vor allem um die Frauen. Und ich helfe beim Dolmetschen, ein bisschen Amharisch kann ich ja noch.»

«Wahrscheinlich mehr, als dir lieb ist ... Ich kann mir vorstellen, dass das ziemlich schreckliche Geschichten sind.»

«Ich könnte das nicht. Nicht noch mal. Nicht schon wieder.»

Moras Bekenntnis lässt eine schuldbewusste Verlegenheit entstehen. Als sie und Sebastian sich um die Flüchtlinge aus Jugoslawien gekümmert haben, ging Bettina in einer wuchernden, fehlgeplanten Doktorarbeit unter und Huberta suchte nach einem potenziellen Vater für ihr potenzielles Kind. Soweit sie sich an ihre frühen Dreißiger erinnern können, waren die von Überforderung geprägt, von psychischen Tumulten und dem Gefühl, die Welt bleibe ihnen etwas Existenzielles schuldig. Und dann war da das flaue Gefühl zwischen ihnen und ihrem Bruder. Immer spürbarer über die Jahre und doch nicht rückführbar auf einen Streit. Eher eine undurchblutete Stelle im Geschwistergewebe.

Georg findet das richtige Wort, versucht es wenigstens; beklommen und zugleich erhoben von dem Mut, mit dem seine Schwiegertochter aus ihrer Zurückgezogenheit findet. «Das war sicher schwer.» Er legt seine Hand kurz auf ihren seidig umhüllten Oberarm.

Moras Wimpern, ein dichter Kranz über der hellgrünen Iris, gesprenkelt wie Muschelkalk, zittern unter dem Gewicht aufschießender Tränen.

«Ihr habt mich nie gefragt», sagt sie, und schluckt noch zwischen diesen wenigen Worten; ungläubig lauscht sie ihrer Stimme nach. «Was ich mir angehört habe, das war so – ent*setz*lich –. Und wir waren ganz allein damit. Ihr wisst nicht, was das ist – Familie.»

Alle, außer Georg, senken die Augen. Bettina nestelt in ihrer Handtasche nach einem Taschentuch.

«Wir haben», sagt Georg, von einem Gefühl der Befreiung getragen, «tatsächlich wenig Übung damit. Oder zu viel. Dorothea –»

«Aber Papa, das *weiß* sie doch. Wir alle wissen das.»

«Lass ihn doch ausreden», sagt Bettina und schickt

einen strafenden Blick zu ihrem Bruder, der verstockt, genervt sein überdimensioniertes Rotweinglas mit beiden Händen umfasst, «du weißt doch nicht, was er sagen will.»

«Wahrscheinlich», gibt Georg zu, «weiß er es schon. Und du auch, Mora. Entschuldige.»

Er reicht ihr das Taschentuch, das Bettina ihm herübergeschoben hat; sie greift danach, aber aus Höflichkeit, und lässt die Tränen über ihre sommersprossige, knabenhafte Wange kullern. Johannes konzentriert sich auf den elastischen Tropfen, der sich auf der hölzernen Tischplatte gebildet hat.

«Ich», klingt es dumpf aus Hubertas Nische, «kann dich verstehen.»

Mora lässt nicht erkennen, ob sie sich verstanden fühlt. Bettina schickt einen Hilfe suchenden Blick zu Sebastian, der aber keine Anstalten macht, seine Frau aus ihrem Tal herauszuführen. Er hat sich, vielleicht als Jüngster, immer unzuständig für Spannungen gezeigt; eine Art, ihnen zu sagen: Es ist *euer* Salat, den ihr da angerichtet habt. Nun sind sie fünfzig Jahre älter. Und noch immer weiß sie nicht, ob sie seine Verstocktheit als Überforderung deuten soll oder als rachsüchtiges Ausbüxen.

Johannes nimmt sich ein Stück Brot und bestreicht es mit der hellen Paste, die in einem braunen Keramiknäpfchen zutraulich auf ihn gewartet hat. Außer bei seiner Tochter fühlt er sich grundsätzlich erpresst, wenn eine Frau in seiner Gegenwart weint, sogar im Kino. Einer der ersten Filme, die sie zusammen gesehen haben, war «Die Spitzenklöpplerin» mit Isabelle Huppert, und auf dem

Weg nach Hause hat er ihr dargelegt, wie ihre zelebrierte Sensibilität – Hupperts gepeinigtes Gesicht, als ihr Liebhaber zu laut einen Apfel aß – ihn moralisch anwidert.

«Entschuldigt –», sagt Mora in die Luft und erhebt sich, «– mich einen Moment.»

Sie hinterlässt ein Schweigen, das sich verworren und peinlich anfühlt. Soll man auf das Urteil zurückkommen, das Mora über sie alle gesprochen hat und das sie so zusammenführt?

«Ist bei euch alles okay?»

Als habe sich im Universum eine mollige Falte gezeigt, empfindet Sebastian das Verlangen, sich von seiner ältesten Schwester festhalten zu lassen und alles in einem Schwall von sich zu geben, all das Unverdaute, Bröckchenhafte, Magensaftresistente, das sein letztes Jahr belebt und vergiftet hat.

«Sie hat schlecht geschlafen», sagt er. «Und sie macht sich ein bisschen Sorgen wegen Ben.»

«Was ist mit dem Jungen?» Georg hat die Ellenbogen auf den Tisch gestützt und die Hände verschränkt; eine präsidiale Geste, die ihnen vielleicht das Gefühl geben soll, wenigstens einer habe alles im Griff.

«Ist schon in Ordnung», sagt Sebastian, und wischt kurz und abschüssig durch die Luft, in geübter Abwehr. «Er ist fünfzehn.»

«Ein blödes Alter», springt Bettina ihm bei. «Wenn ich mich an die Jungs erinnere, die damals bei uns waren – kam nicht so oft vor, aber ich weiß noch genau, dass ich dachte: Die haben es echt viel schwerer. Und sie reden nicht, nicht mal untereinander.»

«Das muss man», sagt Johannes, «aber nicht pathologisieren. Jedenfalls möchte ich heute auch nicht mehr fünfzehn sein. Nicht, dass ich dabei an Benjamin denke. Immerhin – die meisten Straftaten, übrigens weltweit, werden von Männern zwischen fünfzehn und dreißig begangen. Man muss die irgendwie durch diese Phase schleusen, ohne dass sie größeren Schaden anrichten, dann ist für die Gesellschaft schon mal viel gewonnen. Das kapieren die Amerikaner einfach nicht, da sitzt praktisch die Hälfte der nicht-weißen, männlichen Bevölkerung unter dreißig im Knast.»

Er sieht aufmunternd zu Huberta hinüber, seine Waffenschwester im Kampf gegen den Imperialismus. Doch sie ist wieder weggesunken in ein schweres, somnambules Schweigen. Ihr halblanger Schopf, durch dessen zerfranste Spitzen das Kerzenlicht flackert – immerhin hat man auf Fackeln verzichtet –, erinnert nur noch entfernt an ihre studentischen Locken, glänzend wie polierte Eiche.

Die Kellnerin kommt mit Krabbencocktail, Suppen und Salat. Die Graupen trudeln in einer sämigen Flüssigkeit, dazwischen Möhrenstückchen von unwirklich leuchtendem Orange. «Sieht sagenhaft gesund aus», sagt Johannes, während er sich fragt, ob sie auf Mora warten sollen. Aber da kommt sie schon, die cimabuehaften Augen, mit einer länglichen Polsterung am Unterlid, rötlich überhaucht; das helle, gesprenkelte Grün darin umso intensiver. Georg steht auf und schiebt ihr den Stuhl zurecht. «Danke», sagt sie, und «guten Appetit!», was etwas Erlösendes hat; ein Signal, dass sie als Schmerzensmadonna ging, aber ohne Vorwurf zurückgekommen ist.

«Der Krabbencocktail», sagt Bettina, «ist übrigens sehr gut.»

«Vielleicht müssen da rote Rosen hängen.»

Johannes, schief, aber elegant auf seinem Barhocker, sagt das männlich begütigend. Unter der Decke ist ein Drahtgitter aufgespannt, aus dem zahllose Plastikrosen mit den Köpfen nach unten staken; ein dornenloser, angestaubter Märchenwald. «Hildegard Knef ist doch so eine Ikone in dieser Szene. *Für dich soll's rote Rosen regnen …*»

«*Für mich* heißt das», sagt Bettina in sein halblautes Singen hinein. «Sollte dir nicht schwerfallen, dir das zu merken.» Sie nimmt sein Glas und nippt durch die klackernden Eisbrocken. «Ich hab ewig keinen Whisky mehr getrunken.»

«Hauptsache, keinen Wein, dem würde ich hier echt kein Vertrauen schenken.»

Die Boheme-Fraktion seiner Familie eskortiert Sebastian durch diese Nacht; er wird nicht einmal entscheiden müssen, wann es genug ist. Was zwischen dem heutigen Tag und dem Morgen liegt, verschwimmt auf gnädige Weise in diesem uterushaften, von Rauchschwaden durchzogenen Raum. Golden gerahmte Spiegel an allen Wänden machen aus Nah und Fern ein vexierhaftes Spiel; die ausdrucksvoll barbierten, piekfein gekleideten Männer auf der anderen Seite rücken ihm enger auf den Pelz als

Mora, die sich irgendwas Ultrawichtiges von Huba erzählen lässt und deren Hinterkopf ihm im Widerschein vertrauter ist als ihr Gesicht, blass und unbestimmt und von ihren schieferfarbenen Wellen halb verdeckt. Sie haben sich um den schmalen, hohen Tisch in westfälischer Reihe sortiert, wie sein Vater das nennt, Männer und Frauen einander gegenüber, in diesem vergnügungsfrohen Gewusel, das lärmt und durcheinanderruft und in dem sie eine familiäre Insel bilden.

«Schillers Stirnband gegen Kopfweh», sagt Johannes, «hatte übrigens genau dieses Rot, das sollte das Blut in Wallung bringen und gegen Anämie und Traurigkeit helfen.» Er hat eine Art, über so etwas zu sprechen, die Sebastian früher als versnobt empfand, die Nicht-Literarischen auf niedere Plätze verweisend; nun berührt es ihn wie eine sympathische Berufskrankheit.

«Ich wusste nur von den Äpfeln.»

«Die Schublade der Sünden. Aber ohne Pornos.»

«Wie kommst du jetzt *darauf?*»

«Weiß ich auch nicht», sagt Bettina, während sie den Limonenschnitz in ihrem Gin Tonic mit dem Holzspießchen hin und her schubst. Schon immer hat sie mit Essen und Trinken gespielt, mit dem anmutigen Desinteresse der Hageren. Das haben sie inzwischen gemeinsam. «Vielleicht, weil hier so anti-sex-mäßig dekoriert ist. All diese Spitzendeckchen und Topfpflanzen nebenan.»

Tatsächlich ist der Raum hinter der Bar möbliert wie ein Wohnzimmer betagter Damen, von der geblümten Tapete bis zu den Polstersesselchen im Fünfzigerjahre-Stil.

«Baby, das ist Ironie.»

«Schon klar. Aber es bringt doch das Eigentliche zum Vorschwein, wie Freud so schön sagt, findet ihr nicht?»

Zarah Leander beschwört die Treue mit rollendem R, nun schon zum zweiten Mal, seit sie hier sind. Und lauter als eben, kommt es Sebastian vor.

«Ist das nicht so typisches Hetero-Vorurteil, dass Schwule immer nur an Sex denken?»

«Aber das meine ich doch nicht», sagt sie, bestürzt über das Missverständnis. «Ich wollte sagen, dass –». Sie fängt an, in der Handtasche auf ihrem Schoß zu wühlen; ein schwarzer Beutel, groß wie der eines Kängurus. «Entschuldigt, es läutet irgendwo ...»

«Kann ja immer mal was sein mit Sophie», murmelt Johannes in vaterschaftlicher Verbrüderung. «Kennst du sowieso.»

Er erinnert sich an zwei Besuche der kleinen Familie, jeweils auf dem Weg nach Süden – wenn wir in Hildesheim wohnen würden, sagte Mora damals, bekämen wir sie nie zu sehen –, bei denen ihm das Getue um seine Nichte ziemlich überspannt vorkam. Aber das war vor Benjamin. Sophie hatte es jedenfalls raus, zwei Erwachsene mit ihren Launen und ihrem anspruchsvollen Essverhalten auf Trab zu bringen. Oder übernahm feinfühlig – laut Mora – die Aufgabe, ihre Eltern die Sprachlosigkeit nicht spüren zu lassen, die zwischen ihnen herrschte. Inzwischen war sie aber, wenn man Adriana glauben wollte, überraschend normal geworden.

«Angelika ... nein, klar, warte, ich geh nur mal eben raus, ist viel zu laut hier ...»

Johannes hilft ihr in die Lederjacke, auf der sie gesessen hat, nimmt ihr Glas und bringt sie zur Tür, öffnet den schweren, dunkelroten Vorhang und geleitet sie hinaus.

«Perfekter Service.» Sebastian rutscht bei Johannes' Rückkehr auf dessen Hocker, damit der sich nicht an ihm vorbeiquetschen muss.

«Lange geübt. Ich könnte auch das Telefonat übernehmen.»

«Lässt du dir denn alles erzählen?»

«Habe ich eine Wahl?»

Wie so oft fühlt Sebastian sich überfordert von dieser Ironie, die dem anderen die Entscheidung überlässt. Das erstaunlich glatte Gesicht seines Schwagers – der inzwischen an der Pensionsgrenze sein muss –, dauermokant, mit einer Spalte am Kinn, die etwas Verwegenes und Kindliches hat, verrät nie, was er genau meint. Wie im Restaurant, als Johannes sagte, eigentlich wäre Trittin doch ein guter Gesundheitsminister gewesen: «Immerhin hat er dafür gesorgt, dass Millionen älterer Mitbürger viele Stunden in Bewegung an der frischen Luft verbringen. Ich sehe jedenfalls dauernd Rentner beim Plastikflaschensammeln in Berlin.» Ist der Mann seiner Schwester ein herzloser Arsch, oder ist das der Witz der besserverdienenden Linken, deren Empörungsmuskel ausgeleiert ist? Sonst ist bei solchen Sachen auf Hubertas Reflexe Verlass, aber sie war weitgehend abgemeldet heute Abend, von einer Trostlosigkeit umflort, die ihm Unbehagen bereitet. Jedenfalls hat er sich dafür entschieden, seinen rätselhaften Schwager nicht als Zyniker zu betrachten. Er kann neue Feinde jetzt nicht gebrauchen.

«Willst du noch einen?»

Das immerhin lässt sich einfach entscheiden. Sebastian nickt.

«Ich hol uns was.»

Umstellt von plappernden, lachenden, flirtenden Menschen im roten Widerschein – nur seine Frau und seine Schwester sehen konzentriert und grämlich aus, halten Gericht über das Leben oder über ihn –, mustert er die Fotos, die zwischen den Spiegeln grüßen; Gesichter in Schwarz-Weiß, die sich auf eine Botschaft festgelegt haben. In schwebender Güte schaut Loriot auf ihn herab, den Zeigefinger über den Mund gelegt, bis er die Nasenspitze trifft; eine Beschwörung des Schweigens oder der Verweis auf einen Gedankenblitz. Sein engelhaftes Auftreten früher, im Erlanger Wohnzimmer –, imstande, sie alle zu vereinen in einem Gefühl, das sie ohne Hilfsmittel nie erreicht haben: dass das Leben, grosso modo, leicht und komisch sein kann. Eine Art von Liebe, die nicht durch das Leid gezogen ist, sondern durch den Kakao. Er will das Johannes sagen.

«Ich habe ihnen geraten, sie sollen das Eis weglassen. Whisky und Eis, das heißt, aus zwei guten Sachen eine schlechte machen.»

Sebastian nimmt das schwere, unregelmäßig verformte Glas – wahrscheinlich soll es den Unterschied zwischen Nüchternheit und Trunkenheit kaschieren – und lässt die malzige Flüssigkeit sich im Gaumen ausbreiten.

«Was ist mit Bettina?»

«Das kann dauern. Angelika ist ein schwerer Fall. Faktisch fünfzig, im Kopf um die zwanzig. Das wird ein gründlicher Teenagertalk.»

«Bisschen kalt, um lange draußen zu stehen.»

«Kummer hält warm. Reden auch.»

«Meinst du nicht», hört Sebastian sich sagen, das Gesicht über sein Glas gebeugt, in dem die honigfarbene Flüssigkeit eine Luftblase vergrößert, die in den daumendicken Boden eingelassen ist, «dass Reden manchmal mehr Probleme macht als Schweigen?»

«Könnte auch für jetzt gelten.»

Noch so ein Rätsel, das Sebastian nicht lösen kann. Sein promillereiches Fahrwasser ist stärker als die Bedenken, die sein Schwager ihm entgegenhält. Er will sich anvertrauen; das drängende Gefühl einer einmaligen Gelegenheit hat von ihm Besitz ergriffen. Elizabeth Taylors spitzbübisch abwartender Mund, ihre forschenden, dreifach bewimperten Augen, weise und auf das Abenteuer aus, ermutigen ihn.

«Ich meine, wenn man nicht weiß, welche Entscheidung richtig ist. Die andere einem nicht mehr aus dem Kopf geht. Und man irgendwie spürt, dass das Reden ja auch Tatsachen schaffen würde. Also hat man auch noch zwischen zwei Ebenen zu unterscheiden, die beide real sind, aber so nebeneinanderher laufen. Nimmt man die Gedanken dazu, sind es sogar *drei*.»

Erkenntnis berührt ihn aus vielen Richtungen gleichzeitig wie ein zärtlicher Oktopus, umarmt ihn, schubst ihn nach vorn. Mora hat immer Bescheid gewusst. Sie hat sich entfernt, irgendwohin. Sie will, dass er sich unterwirft.

«Du kennst dich da doch aus.»

Ihn trifft ein alarmierter Blick, der eine vage und unwillkommene Erinnerung provoziert. Es gab dieses Jahr, in dem Bettina und sein Schwager getrennt voneinander lebten, und es hatte nichts mit einem anderen *Mann* zu tun.

«Ich meine – du musst doch deine Frau betrogen haben, als du meine Schwester kennengelernt hast.»

«Das ist ewig her.»

Johannes schwankt zwischen einem gönnerhaften Gefühl der Macht und dem Respekt vor Komplikationen. Was immer Sebastian auf dem Herzen hat – es wird ihn in Loyalitätsprobleme mit Bettina verwickeln. Sein etwas fischbeiniger Schwager hat durch spröde Zurückhaltung schon für einigen Kummer in seinem Haushalt gesorgt; die plötzliche Vertrauensseligkeit, die ungesteuerte Energie, mit der er nun blindlings auf ihn zuschwimmt, zappelnd wie ein Spermium, hat aber auch etwas Erregendes.

«Es ist», sagt er gravitätisch, «doch jedes Mal etwas anderes. Es gibt keine Regeln – es sei denn, du fragst einen Scheidungsanwalt. Glaubst du eigentlich, deine Eltern waren sich treu?»

Ein Western-Moment. Wird Sebastian, zierlicher Held, ihm die gepflegte Faust in die Fresse donnern? Doch der schaut trübetümpelig in sein Glas auf der Suche nach einer Erkenntnis; vielleicht denkt er tatsächlich zum ersten Mal darüber nach.

«Kann ich mir nicht anders vorstellen. Er war zu korrekt, und sie hatte genug mit sich selber zu tun. Außerdem glaube ich, sie haben sich geliebt.»

«Kinder tendieren zu so was, bis zum Beweis des Gegenteils. Unsere übrigens auch.»

Sebastian bleibt hartnäckig bei seiner letzten Frage; er kann nicht mehr als einen Zweifel hegen zur selben Zeit.

«Huberta denkt, dass er sie auf dem Gewissen hat. Weil er sie nicht gerettet hat. Weil es für ihn das Bequemste war, dass sie sich mit Tabletten vollstopft.»

«Ich hatte nicht gerade den Eindruck, dass sie ihm ausgeliefert war.»

Dorotheas spitz zulaufendes Puppengesicht mit dem oft verschwommenen Ausdruck, der schnelle Wechsel zwischen hoheitsvoller Zuneigung und werbendem Gezwitscher. Ihr häusliches Dirigat. Sein misstrauischer Vergleich zwischen ihr und ihrer Tochter, die sich unterwarf und zugleich entwand, indem sie mit ihm –

«Jedenfalls habe ich lange eher das Gegenteil geglaubt. Mir schien das doch ziemlich hardcore-feministisch, Hubertas Opfergeschichte. Aber, wenn man das so bedenkt» – Sebastian sucht nach taktvollen Worten –, «welche Chancen hatten denn die Frauen in dieser Generation? Die waren doch alle gewieft, die mussten manipulieren. Die konnten nicht einfach sagen, hey, ich suche mir einen anderen Kerl! Oder ich bleibe eben allein. Die waren abhängig in einer Weise, die können wir uns nicht vorstellen. Und das finde ich eben so schräg, wenn Huberta so darüber spricht. Das macht sie doch klein, findest du nicht?»

«Vielleicht», schlägt Johannes vor, «identifiziert man sich sowieso mit dem gleichgeschlechtlichen Elternteil.»

Er hat kein Gefühl mehr dafür, wie betrunken sie beide sind. Bei Dorotheas Beerdigung, daran erinnert er sich, stand Huberta wie eine griechische Tragödin zwischen ihnen, eher verdüstert als in Trauer oder Entsetzen. Damals hatte sie noch keinen Hund. Wo ist eigentlich der Hund?

«Aber wie ist das denn nun», setzt Sebastian noch einmal an, «mit diesem Treuegelübde. Hast du denn vorher gewusst, dass du das wirklich machst, oder hast du es ausprobiert?»

«Wenn das so wäre, würde ich es dir nicht sagen. Und es würde dir auch nicht helfen. Weil jede Geschichte anders ist. *Weil er es war, weil ich es war,* wie der kluge Montaigne sagt.»

«Aber das ist ja schon ein *war*. Und ist nicht auch das Problem, dass man sich nicht nur zwischen zwei Personen, sondern auch zwischen einer Realität und der *Möglichkeit* einer Realität entscheiden muss?»

Inzwischen macht es ihm Spaß, dieses skrupulöse, metaphysische Ballett. Mora und Huberta sind nach wie vor in überraschender Innigkeit miteinander beschäftigt. Huberta hat ihr Koma überwunden und spricht heftig auf ihre Schwägerin ein; es gibt offenbar Dramatisches zu berichten. Moras Haltung ist nach wie vor untadelig. Johannes hat den Eindruck, dass seine Schwägerin ihm ihren Mann mit Absicht überlassen hat; er spürt Überdruss und etwas Lauerndes, Abwartendes, das eine komplizenhafte Verbindung zwischen ihnen stiftet.

«Aber die Realität, für die du dich entscheidest, ist doch schon kontaminiert durch die Möglichkeit einer anderen Realität.»

Je weniger er weiß, umso weniger muss er verschweigen.

«Ja, aber was heißt das für eine Realität, für eine Ehe, dass sie porös ist, also kontaminierbar durch eine Möglichkeit?»

«Du kannst», fährt Johannes geduldig fort, «was passiert, als Kommentar zu deiner Realität verstehen – oder als etwas Neues, das nichts damit zu tun hat. Aber die Entscheidung zwischen diesen beiden Haltungen nimmt ja auch schon vorweg, was kommt, Verharren oder Änderung. Trotzdem nimmt die Eule der Minerva auch bei uns Superschlauen ihren Flug erst mit der Dämmerung auf. Gleichzeitig leben und verstehen, das geht eben nicht.»

Seine Weisheit freut ihn auf ganz unschuldige Weise. Worte machen, das ist sein Geschäft. Doch Sebastians mulihaftes Beharren auf Andeutungen und Schwurbel reizt ihn auch.

«Vielleicht hast du ja Lust, zum ersten Mal in deinem Leben einen Fehler zu machen.»

«Wieso?»

Sebastian klammert sich an seine Sätze, er will eine Offenbarung. Mireille Matthieu, dieser ewige Pony, ummantelt sie beide mit ihrem schicksalhaften Tremolo, wie flüssige Schokolade.

«Soweit ich weiß, haben diesen Job ja deine Schwestern übernommen, vor allem natürlich Huberta. Alles mal vor die Wand zu fahren. Was übrigens ein echt gutes Gefühl sein kann.»

Zuhälter des Schicksals, ein unterschätzter Arbeitsplatz. Hat Bettina nicht mal gesagt, er hätte eine mephistophelische Seele? Der junge, gleichwohl vollkommen glatzköpfige Kellner streckt ihnen seinen blonden Unterarm unter die Nase und tauscht den Aschenbecher vor Huberta gegen einen frischen aus; nachlässig geputzt, aber immerhin. «Darf's noch was sein?»

«Wir nehmen noch zwei Gin Tonic», sagt Mora, ihr Gesicht in einem zitternden Schleier der ausflackernden Kerze. Sie scheint sich in diesem queeren, kleinstädtischen Ambiente überraschend zu Hause zu fühlen. Ihre Hand liegt zwischen ihnen auf dem Tisch wie ein Wesen für sich, mit fünf weißen, gliederreichen Tentakeln, die ruhen, bis ihre Zeit gekommen ist. Als junge Mutter war sie angespannt, aber anders als Bettina – mehr Kontrolle, weniger Gewusel, so kam es Johannes damals vor. Fremd, verschwiegen, ein hartschaliges Mittelmeergewächs.

«Das Scheitern ist mein Freund», sagt er. «Ich würde noch einen Whisky – nein, bringen Sie mir einen doppelten Espresso?»

«Bringen Sie zwei.»

Sebastian taucht neben ihm aus seiner funzeligen Ratlosigkeit auf; er nimmt Moras Hand, die sie ihm ohne Widerstand überlässt, dreht sie und drückt seine Lippen auf die Innenseite ihres Handgelenks; dorthin, wo die Haut am dünnsten und das Blut am wärmsten ist. Ihr Blick auf seinen Hinterkopf, findet Johannes, ist ausdruckslos, aber konzentriert, eine Nachricht an ihn: Halt dich da raus.

Ein Ruf, geeignet, die Mauern von Jericho zu erschüttern, ein endloses, pfeilgerades «Aoooouooh!», reißt sie alle aus ihrem Schummer, richtet ihre Wirbelsäulen auf und lässt sie um sich blicken wie aufgeschreckte Erdhörnchen. Körper kommen in Bewegung, viele werfen die Arme hoch. «Zwei Uhr, jetzt geht die Party los!», lesen sie von den Lippen des Kellners, der neben ihnen steht, während Bettina – ihr Gefühl für *timing* – hinter ihm auftaucht und nach Johannes greift. «Etta James – Wahnsinn!», glaubt Sebastian zu verstehen und sieht sie mit seinem Schwager ins Blümchenreich verschwinden. Huberta, die ihre Babyschale draußen gelassen hat – vielleicht konnte sie, die erfahrene Provinzlerin, mit so etwas rechnen –, schreitet ihnen nach, das Becken schaukelnd, die Arme schwingend und den Hals gereckt wie eine afrikanische Göttin, eine massige Explosion von Vitalität. Er ist allein mit seiner Frau, Treibholz, an das Ufer eines tobenden Meeres geschwemmt. Ihre Hand liegt in der seinen, schlaff und ohne Regung, während sich in ihren Augen das Wasser der Rührung oder der Verzweiflung sammelt und ungehindert auf die Glasplatte tropft. Es wäre Zeit für eine Liebeserklärung, das sagt ihm sein Herz, sein Gewissen oder sein Verstand; bevor er das nicht entscheiden kann, fühlt er sich unbefugt, verantwortungslos. Und sein Körper hat sich, nach einem Moment der Elektrisierung, wieder zurückgezogen, sperrt das Gewoge, die exakt orchestrierten Stimmen, den Beat rückstandslos aus. Lässt ihn im Stich wie immer schon, weil aus der forcierten Freude das andere kommt, jählings, ohne Warnung, und er die Wellen der Panik spürt, die seine Mutter ihm durch ihre betrunkenen Umarmungen schickte. Und wie damals, unter den rotierenden Blitzen der Diskokugel am Isartor, schürzen sich Moras Lippen ironisch, vertrauensvoll, und ihr Blick, eine skeptische Verheißung, wahrt Abstand zwischen ihnen, weist ihn weder zurück, noch zieht er ihn heran. Ein raues Saxophon, ein Besen, ein schwerer, schleppender Schlag und eine kratzige alte Stimme haben James' Wippen und Jauchzen abgelöst. «It's early in the mornin', about a quarter to three, and I'm sitting here talking to my baby over coffee and cigarettes ...» Wärme steigt auf wie eine Säule und gibt ihm Halt. Er gleitet von seinem Hocker und führt Mora, die ihm nicht widersteht, in den Tumult, in das Vibrato der Bässe und der verschlungenen Körper. Sie sind beinahe gleich groß; wenn sie ihm ihr Gesicht anvertraut, liegt es an seinem Hals, wo die Venen ticken und der letzte Rest vom *eau savage* einen Hauch von Sandelholz und Zitrone verbreitet; ihr gemeinsamer Duft. Sie fühlt sich nymphenhaft an, knochenlos; sie sind ein ruhendes Paar in der Mitte der Zeit, zwischen zu viel Gestern und einem Morgen, dem er sich nicht gewachsen fühlt. Er hat die Augen geschlossen und führt sie beide in trancehafter Umsicht durch die schwitzende Biomasse um sie herum; sein Kopf hat endlich aufgehört, ihn zu quälen; er schmilzt.

Bettina Melker *05.10.2014, 19:47*
An: kupfer.s@aol.com; moracosta@privia.com
cc: johannes_melker@yahoo.de

Betreff: der Oktober, der war
Dear three, «eine Welt von Dingen», so heißt das doch bei Fontane (kann jetzt nicht nachsehen, kein Netz im Zug, bin auf dem Rückweg nach Berlin)? Eine Hunde-Beerdigung. Ein Akkordeon, mehr als 30 Trauernde, alle im Matsch + im Kreis, und es regnete immerdar, aber erst, als alles zu Ende war und wir unter einem wetterfesten Vordach Würste u Hummus teilten. Allmächtiges Pladdern, kernige Anteilnahme und jede Menge Schicksal. Ich habe ja für die Provinz nie was übrig gehabt, doch das stürzte mich um. Man würde gleich für die Volksbühne casten. Die Fahrt mit Hubas altem Käfer war ein Abenteuer für sich, ich weiß jetzt mehr über Kurbelwellen, als ich je habe wissen wollen. – Ich glaube, Papa hat sich gefreut; ich auch, und irgendwie hat mir gefallen, wie wir in dieser trostlosen Kaschemme abgestürzt sind. Hoffe, Ihr seid alle wirsch!
-XOX Bettina

LITERATUR BEI C.H.BECK